LA CASA DEI GELSI

SEI SICURO DI ESSERE SOLO?

LUCA SERRA

© 2021, Luca Serra - La casa dei gelsi

Codice ISBN: 9798473959260

Casa editrice: Independently published

Cover Art: Lorenzo Ceresani

Impaginazione interna:
Grafica Romanzi di Michela Crepaldi
www.graficaromanzi.it

Introduzione

Chi ha letto i miei libri precedenti, e nello specifico *Novanta*, sa che da un paio di anni ho in sospeso un romanzo il cui titolo provvisorio è *Rock Cafè*.

È un giallo classico e – pur essendo già completo in molte sue parti – ha un buco nella trama che non riesco a risolvere, e così, sia per passare il tempo che per occupare la mente con altro, mi misi a scrivere quello che in origine avrebbe dovuto essere una distrazione e che poi divenne *Novanta*, appunto.

Novanta venne pubblicato ad agosto 2020, in piena epidemia covid-19, mentre ero in vacanza nella casa di campagna della mia famiglia.

Fu un'esperienza molto particolare: il paese – già non molto popoloso in tempi normali – era deserto per via della pandemia e la campagna di notte è impressionante quando non c'è proprio nessuno in giro.

Uscire di casa e trovarsi nell'oscurità più densa è un'esperienza nuova per chi, come me, ha sempre abitato in città, soprattutto perché la campagna di notte è particolarmente viva.

Si sente sempre il rumore di qualcosa che cammina, che scava, che corre, e la fantasia ci mette poco a mettersi a lavorare.

E così cominciò a delinearsi nella mia mente questa

storia, inizialmente come un racconto lungo e poi, pagina dopo pagina, come romanzo.

Non aggiungo altro, tranne augurare buona lettura a chi ha acquistato il libro e sperare che possa costituire una valida compagnia per qualche ora.

Come già capitato per i libri precedenti anche questo è dotato di una colonna sonora, costituita dai brani che usavo ascoltare durante la scrittura e che mi hanno aiutato ad entrare nell'atmosfera giusta, chi volesse ascoltarla la trova già compilata a questo indirizzo: urly.it/3f1qc

Un'ultima aggiunta: in appendice ho inserito un piccolo regalo, si tratta de *Il Boia*, il mio primo racconto.

Avevo sedici, diciassette anni, e a quei tempi le mie letture erano pesantemente orientate verso l'horror e autori come Stephen King, Clive Barker e i classici.

Per diverso tempo ho meditato se quel racconto potesse essere l'embrione di una storia più lunga, ma alla fine ho deciso che quella è la sua dimensione e in quella veste ho deciso di pubblicarlo, spero di aver fatto cosa gradita.

Ora smetto di annoiare e vi lascio alla lettura, sperando che incontri il vostro gusto; come sempre ogni feedback è apprezzato.

I play at night in your house
I live another life
Pretending to swim

The Cure – In Your House

Il demone è bugiardo.
Mentirà per confonderci e alle menzogne
mescolerà anche la verità per aggredirci

da "L'Esorcista"

Capitolo 1

Ivano ferma l'auto, sposta la marcia in folle e inserisce il freno a mano.

I fari illuminano un cancello metallico in gran parte mangiato dalla ruggine i cui due battenti sono chiusi da diversi giri di catena, anch'essa arrugginita, dalla quale pende un grosso lucchetto.

Sul pilastro di destra è affissa una lastra di pietra sulla quale è inciso *Villa Anastasia*.

Recupera un mazzo di chiavi dal cassetto porta oggetti dell'auto.

"Spero sia una di queste", aveva auspicato suo padre consegnandoglielo, e anche Ivano in quel momento spera che la chiave giusta sia una di quelle.

Alle dieci di sera, dopo quattro ore alla guida, l'ultima cosa che desidera è cercare un albergo.

Trova la chiave giusta al quarto tentativo: sblocca il lucchetto e lo lascia cadere a terra, e dopo poco anche la catena lo raggiunge come un serpente stanco.

Non si cura di recuperarla, non c'è rischio che nessuno la rubi.

Spalanca i battenti, innesta la prima e lascia che gli pneumatici mordano la terra.

Dalle casse dello stereo esce la voce di Dave Gahan dei Depeche Mode:

Let's have a black celebration
Black celebration
Tonight

Spegne la radio per evitare di distrarsi alla guida proprio all'ultimo.

La strada non è ripida ma è molto dissestata e le erbacce hanno invaso gran parte del fondo stradale, costringendolo a stringere con forza il volante della sua Ford Fiesta per mantenere la carreggiata.

Senza mai salire di marcia procede per un paio di minuti tra i rami degli ulivi che gli graffiano il tetto e le fiancate, poi i fari illuminano la facciata di una casa a due piani.

È coperta da intonaco azzurro chiaro, le imposte sono serrate; un tavolino di ferro arrugginito circondato da quattro sedie è abbandonato accanto alla porta.

Ivano scende dall'auto senza arrestare il motore e sblocca la serratura dell'ingresso, questa volta trovando la chiave giusta al primo tentativo.

Spalanca la porta per consentire ai fari di illuminare l'interno della casa e individua senza difficoltà il quadro elettrico posto sulla parete di destra.

Preme il pulsante nero contraddistinto con il numero 1 (o forse è solo una riga verticale, non l'ha mai capito) e la casa un tempo appartenuta a suo nonno riprende vita.

La luce al neon della cucina sfrigola un paio di volte prima di rimanere accesa.

Tira mentalmente un sospiro di sollievo: quella casa non viene utilizzata da parecchi anni e aveva avanzato più di una riserva sul fatto che l'impianto elettrico avrebbe ancora funzionato.

L'aria è polverosa e c'è un leggero odore di marcio, come di frutta andata a male.

Torna in cortile, spegne l'auto e preleva un borsone

dal bagagliaio, nel frattempo compone il numero di telefono di sua moglie Gracia.

"Sei arrivato?", gli risponde la donna con voce assonnata.

"Proprio ora, per adesso tutto bene. Stavi dormendo?".

"Un pochino. Hai controllato se c'è l'acqua corrente, che tuo padre si e tanto raccomandato?".

"Non ancora, lo farò tra un attimo – risponde entrando in cucina – Volevo solo avvisarti di essere arrivato, così stai tranquilla".

"Hai fatto bene".

La cucina è una stanza di circa tre metri per tre, tra i mobili spicca un frigorifero rosso con la porta convessa e il maniglione come si usava negli anni Sessanta.

È marchiato Indesit – con il vecchio logo, quello a forma di scudo – e a giudicare dal ronzio funziona ancora.

"Come sta Mirko?", domanda alla moglie.

"Dorme. Si è addormentato con l'iPad in mano".

Con il telefono incastrato tra la spalla e l'orecchio si insinua sotto al lavandino per aprire il rubinetto generale dell'acqua.

Un rubinetto si apre in senso orario o antiorario?, si domanda.

In quaranta anni di vita non l'ha ancora imparato.

Lo ruota nel verso contrario rispetto alle lancette dell'orologio e dopo una iniziale resistenza il calcare accumulato negli anni si sbriciola e con un cigolio il rubinetto asseconda il movimento.

"Dobbiamo fargli perdere questa abitudine", brontola ritornando in posizione eretta con uno scricchiolio di giunture.

"Sì, ma stasera faceva i capricci e non avevo voglia di discutere".

Mirko ha quattro anni e tra un paio di mesi non sarà più figlio unico.

Dapprima aveva accolto con entusiasmo quella novità, ma mano a mano che passavano le settimane aveva realizzato che a breve avrebbe dovuto dividere sua madre con un'altra creatura e quel pensiero lo portava sempre più di frequente ad essere di cattivo umore.

Non lo aveva aiutato sapere, oltre tutto, che sarebbe arrivata *Francesca* e non *Paolo*, come avrebbe invece preferito.

"Sì, certo, hai fatto bene. Finché non rientro pensa soprattutto a non affaticarti".

Apre il rubinetto. Sente dapprima un gorgoglio profondo e lontano, poi il getto d'acqua si riversa nel lavello con un'esplosione.

Si susseguono alcune scariche irregolari, poi il flusso si stabilizza e scorre pulito.

Chiude il rubinetto.

"Anche l'acqua scorre senza problemi", comunica alla moglie.

"Bene", commenta lei con il tono di voce di chi sta per addormentarsi.

Nonostante l'ora tarda fa caldissimo e Ivano apre la finestra per permettere all'aria di circolare.

"Vado a controllare il resto della casa – annuncia – Vai a dormire e riposati, tanto qui è tutto tranquillo".

Si salutano e prosegue con il sopralluogo.

Villa Anastasia era stata acquistata da suo nonno ad inizio anni Ottanta da un piccolo imprenditore locale caduto in disgrazia e con la necessità di dover monetizzare in fretta la sua abitazione.

Nonostante il nome molto pomposo non è una casa enorme, ed è divisa su due piani poiché sorge sul declivio di una bassa collina.

Al piano terra, oltre alla cucina, ci sono il salone, il bagno, la stanza da letto del nonno e quella che usavano i genitori di Ivano; al piano sottostante c'è la stanza da letto un tempo riservata a lui e una sala che il nonno aveva adibito a laboratorio.

Entra in salotto: è una grande stanza a pianta ottagonale, sicuramente la più bella della casa.

Il lato orientato verso la valle è costituito da quattro vetrate che tengono l'intera parete, l'altro lato è occupato da un divano, una libreria e un mobile bar in legno scuro.

Da ragazzo era stato molto affascinato da quel pezzo di arredamento, ma ora gli appare decisamente datato.

Accanto al mobile bar c'è un giradischi. Non è un moderno stereo, c'è solo il piatto ed è integrato in un mobile in radica che funge anche da contenitore per i vinili.

Ivano ne scorre alcuni con la punta delle dita per capire se c'è qualche pezzo interessante, ma senza soddisfazione: il nonno doveva essere stato un ammiratore dei *Los Tres Paraguayos* e di *Lorenzo Perez*, di cui non ha mai sentito parlare, ma anche dei Doors e dei Bee Gees, dei quali trova un paio di album.

Accanto al giradischi c'è una specie di piedistallo di legno sul quale è poggiata una mantide religiosa metallica grande come un coniglio, composta da piccoli rottami ferrosi saldati e avvitati assieme.

Non l'aveva mai vista, il nonno doveva averla acquistata negli ultimi anni di vita, probabilmente assieme ad una farfalla realizzata con la medesima tecnica ed esposta su un ripiano della libreria.

Un televisore ancora a tubo catodico è posto su un carrello davanti al divano.

Ivano ricordava un grande tavolo al centro della stanza sul quale pranzavano quando erano tutti assieme, ma il nonno doveva essersene liberato nel tempo.

Esce della stanza.

Nell'ingresso, appeso alla parete, vi è un vecchio telefono a disco.

Solleva la cornetta e la avvicina all'orecchio, domandandosi se in tutti quegli anni suo padre avesse continuato a mantenere in vita anche quell'utenza, ma non c'è linea.

Apre la porta della camera da letto padronale.

L'aria sa di chiuso e di cera per i mobili.

Un grande letto con un materasso spoglio appoggiato sulla rete troneggia al centro della stanza, un armadio con un'ampia specchiera restituisce a Ivano un'immagine di sé più stanca di quanto pensava.

I capelli, ormai brizzolati da un paio di anni, si stanno diradando sulle tempie e gli occhiali con la montatura rotonda non riescono a nascondere le occhiaie.

Esce dalla camera e chiude la porta.

Tra le due stanze da letto c'è il bagno.

Le pareti sono rivestite da piastrelle azzurrine fino al soffitto, almeno tre sono scheggiate.

Fa scorrere l'acqua del lavabo e il flebile getto d'acqua indica come il rubinetto sia ostruito dal calcare, il giorno dopo dovrà occuparsene.

Il box doccia presenta diverse macchie di ruggine, così come il boiler che sta ronzando per portare l'acqua in temperatura; il pavimento – anch'esso piastrellato – è coperto da una patina di sporco.

Si affaccia sulla soglia della stanza da letto dei suoi genitori.

Qui del letto è rimasta solo la rete, una cassettiera di legno scuro si trova lungo la parete di fronte; sul muro di vedono gli aloni dove un tempo erano appesi tre quadri.

Richiude la porta e scende al piano di sotto portando con sé il bagaglio.

Potrebbe dormire in qualunque stanza, ma preferisce occupare la camera che era stata sempre sua.

Anche lì dentro l'odore di chiuso è nell'aria, per fortuna non c'è sentore di muffa.

Il letto singolo è addossato alla parete, lungo la parete opposta c'è un armadio di bassa qualità in legno chiaro. Ivano ricorda una zampa leggermente più corta dell'altra che lo portava a traballare ogni volta che veniva aperto.

Apre l'anta e constata come il suo ricordo sia veritiero.

Sul piano più basso c'è uno scatolone pieno di giocattoli vecchi, tra i quali ritrova una portaerei, la casetta-fungo dei Puffi e un Big Jim in slip.

È lieto che non siano stati buttati via, domani tirerà fuori lo scatolone e si immergerà volentieri in un nostalgico tuffo nel passato, ma in quel momento è troppo stanco.

Apre il borsone, ne estrae delle lenzuola e la federa e le sistema sul letto.

Sua moglie aveva insistito affinché portasse con sé anche una coperta, ma con quelle temperature dubita che lascerà mai la borsa.

Si spoglia, appoggia i vestiti sulla sedia come usava fare da ragazzino e si corica sul letto.

È stanco, ma prima di addormentarsi esegue un rapido sommario di quanto dovrà fare il giorno dopo.

Tutto era iniziato quattro giorni prima quando aveva ricevuto una chiamata da parte di suo cugino Mario. Cugino di terzo o di quarto grado, ad essere precisi, giacché era figlio di una sorella di sua nonna.

"Sembra ci siano delle persone interessate alla casa del nonno", aveva annunciato.

L'aveva chiamata ancora così, benché tecnicamente e giuridicamente fosse ormai casa del padre di Ivano in seguito alla morte del capostipite, avvenuta quasi cinque lustri prima.

"Sono persone serie? Li conosci?", aveva chiesto Ivano.

"Sono degli inglesi che hanno sempre affittato qui in paese e ora stanno cercando qualcosa da acquistare. Vorrebbero darci un'occhiata e, nel caso, la comprerebbero anche subito".

Ivano aveva subito chiamato il padre, il quale era sembrato meno entusiasta di quanto si sarebbe aspettato.

"Quella casa è chiusa da oltre vent'anni, è tutto da vedere in che condizione si trovi – aveva detto al telefono – Non facciamoci illusioni".

"Va bene, però almeno sembra esserci qualcuno interessato".

"Certo, meglio che niente – aveva ammesso il genitore – Hai voglia di andarci tu?".

Ivano se l'aspettava, ma aveva finto ugualmente di essere sorpreso.

"Perché io? Mario ha le chiavi, può fare tutto lui, e se sono interessati poi piuttosto ti accompagno quando ci sarà da firmare l'atto di vendita".

Il padre si era fatto sfuggire un risolino ironico.

"Mario è un bravo ragazzo, ma non è un genio, preferirei te ne occupassi tu. Poi sono inglesi e tu parli la loro lingua, sarà più facile".

"Da come la stai ponendo mi pare di capire che tu non hai intenzione di muoverti. Però dovresti farlo, perché la casa è tua e sei tu il diretto interessato".

"Non sono *interessato*, sono solo lieto di disfarmene. Mi fido di te, so che farai i miei interessi, e se veramente questi vogliono comprare subito vado da un notaio, mi faccio fare una procura a tuo favore e così puoi presentarti tu all'atto. Sai che dopo l'infarto di due anni fa il medico mi ha sconsigliato di allontanarmi troppo da casa".

Ivano aveva scosso la testa contrariato nonostante suo padre non potesse vederlo.

Sapeva bene che l'infarto – per altro molto leggero – era la scusa al quale il padre si aggrappava ogniqualvolta non aveva voglia di fare qualcosa.

Non metteva a posto la cantina perché aveva avuto l'infarto, lasciava l'incombenza della spesa alla moglie perché *con queste cose è bene non scherzare*, e ora quello.

Gracia era ancora distante dalla scadenza prevista dai medici, ma non si poteva mai essere tranquilli e non aveva piacere di lasciarla da sola, giacché i genitori di lei erano ancora a Miami e sarebbero volati in Italia solo poco prima del parto, così come avevano fatto per il primogenito.

"Sarebbe ottimo venderla a trecento – aveva disposto il padre, considerando evidentemente come superate le resistenze del figlio – ma a duecentocinquanta la chiudiamo lo stesso. Ma solo se la comprano subito, non voglio dover aspettare che gli concedano il mutuo, che vendano un altro immobile o cose del genere, chiaro?".

"Mario dice che ha fissato un appuntamento per giovedì", aveva riferito Ivano.

"Vedi che non ho torto quando ti dico che non è un genio? Perché fissa un appuntamento senza chiederci quando potremo esserci?".

"Oggi è solo lunedì", aveva osservato Ivano.

"Appunto. Non voglio farti fretta, ma credo che tu faresti bene a partire domani, così hai tempo di dare un'occhiata alla casa. Non credo riuscirai a rimediare ad anni di incurie, ma potresti dare una sistemata al giardino e pulire un po' dentro per darle un aspetto accettabile".

Certo, tanto non ho un cazzo da fare.

"Lo so che ti chiedo tanto – aveva aggiunto il padre come se gli avesse letto nel pensiero – ma i soldi che incasseremo li metterò in banca e un giorno ti torneranno, anche con gli interessi".

"Non preoccuparti, non è un peso, e lascia stare l'argomento del denaro, per piacere. Dopo tutto sono in ferie".

Il padre non aveva colto il sarcasmo dell'ultima frase e aveva chiuso la conversazione ringraziandolo.

Tu sei un insegnante, hai tre mesi di ferie.

Questo è il ritornello che si sente ripetere ogni estate da quindici anni a quella parte da chiunque tra giugno e settembre abbia bisogno di una mano, come se le ferie fossero un furto nei confronti della società da espiare rendendosi disponibile per chiunque.

Si rigira nel letto.

Fa veramente caldo, forse avrebbe fatto meglio a dormire al piano di sopra, dove forse avrebbe potuto beneficiare di un po' di corrente d'aria.

Ciò nonostante, meno di cinque minuti dopo sta dormendo.

Capitolo 2

Si sveglia sudato e sul momento non capisce dove si trovi, poi riconosce l'armadio con la zampa più corta e si ricorda.

Ha dormito male e a fasi interrotte, rigirandosi continuamente, sia per il caldo, sia perché non è più abituato a dormire in un letto singolo.

Ha inoltre qualche riserva sulla qualità del materasso, conoscendo suo nonno a suo tempo non doveva aver speso molto per il giaciglio del nipote. A dodici anni non ci aveva fatto caso e avrebbe potuto dormire anche su una lastra di marmo, ma da adulto certe comodità rivestono maggiore importanza.

Ha bisogno di una doccia, ma le condizioni del bagno gli consigliano di soprassedere, almeno fino a quando non riuscirà ad pulire a fondo il locale.

Per la prima volta pensa che avrebbe fatto meglio a prendere una stanza in un hotel.

Si riveste con gli stessi indumenti del giorno prima ed esce in giardino.

Con la luce del sole riesce a vederlo meglio, il suo aspetto è ben distante da quanto ricordava.

Laddove un tempo c'era stato un prato tagliato all'inglese ora c'è una specie di selva con erbacce che gli arrivano alla vita; ricorda una panchina in ferro e ora non la vede più, ma data l'altezza delle sterpaglie non può escludere che sia effettivamente da qualche parte lì in mezzo.

A una dozzina di metri dalla casa c'è un gelso, gli spiace constatare come non ci siano frutti appesi ai suoi rami.

Da ragazzino aveva fatto grosse scorpacciate di quel frutto dolcissimo e il periodo in cui usava venire in villeggiatura era il medesimo, ma forse gli alberi sono come le persone e dopo una certa età non procreano più.

Deve programmare cosa fare, tenuto conto che in una sola giornata non è materialmente possibile porre rimedio ad anni di abbandono.

Decide di iniziare dall'interno della casa, che rimanendo chiusa è stata sottoposta ad un minore degrado e gli porterà via meno tempo.

Scende nuovamente al piano sottostante e si dedica all'esplorazione del laboratorio del nonno.

Su un tavolaccio da lavoro sono abbandonati due abbozzi di insetti metallici, realizzati con lo stile di quelli esposti nella stanza ottagonale.

Ivano aveva supporso fossero stati acquistati, ma evidentemente erano creazioni del nonno.

Sembrano uno scarafaggio e una formica, sono ancora incompleti e ormai nessuno li terminerà più.

Chi avrebbe mai supposto una vena artistica nel nonno, l'uomo più quadrato che avesse mai conosciuto?

Di fronte al tavolo c'è un armadio nero dalle ante metalliche e subito accanto uno scaffale sul quale sono allineati i detersivi, tra i quali trova quello per i pavimenti.

Poco lontano, appesi a dei tasselli, trova un'aspirapolvere Vorwerk e una lucidatrice.

Sgancia l'aspirapolvere, inserisce la spina nella presa e preme con il piede il tastone rosso: funziona perfettamente.

Tre ore dopo si lascia cadere sul divano accanto all'angolo bar, provato ma soddisfatto.

Con tutti i limiti dovuti alla sua scarsa dimestichezza con quel tipo di faccende domestiche ha compiuto un bel lavoro: ha tolto la polvere da ogni stanza, lavato i pavimenti e spolverato i mobili.

Ha poi riempito un sacco nero di pacchi di biscotti, scatole di spezie e lattine di birra trovati nella dispensa, tutti scaduti da una decina di anni.

A questo proposito pensa che una birra in quel momento sarebbe un toccasana.

Ricorda uno spaccio la cui insegna riportava *Alimentari – Vino* sito lungo la statale poco dopo la biforcazione della strada sterrata e potrebbe farci un salto, ammesso che sia ancora in attività.

In ogni caso ha tempo di andare a controllare, giacché deve attendere che si asciughino i pavimenti.

Torna in auto e si dirige verso il negozio, approfittando del tragitto per chiamare suo padre e aggiornarlo su come stiano procedendo i lavori.

Lo trova di umore più positivo rispetto alla volta precedente e dalle domande che gli rivolge ha l'impressione che si sia nel frattempo pentito di non essere venuto anche lui.

"Più passa il tempo e più divento pigro, dovrei darmi una scossa", ammette quando glielo fa notare.

Lo spaccio c'è ancora, anche se ora l'insegna recita un più moderno *Quick Point* e accanto, dove una volta c'era una cartoleria, si trova ora un'agenzia di onoranze funebri.

Anche all'interno il cambiamento è marcato: gli articoli in vendita, un tempo ammassati in modo anonimo sugli scaffali, ora sono suddivisi in maniera ariosa e in fondo al locale è stato aggiunto anche un bancone per la gastronomia fresca.

Ripone nel cestello una confezione da sei di Beck's, una scatola di tramezzini già pronti e una di pasta corta, un sugo al pesto e una bottiglia di grappa.

Non c'è nessun altro cliente, così deposita la merce sul nastro trasportatore della cassa.

"È tanto che manco di qui, mi ricordavo di una signora con gli occhiali. Teresa, mi pare", dice alla cassiera con i capelli rossi e un piercing al labbro.

"È mia zia – risponde la ragazza passando gli articoli sul lettore di codice a barre – è andata in pensione da qualche anno e ha lasciato l'attività a mio padre e mia madre. Lei viveva qui?".

Ivano si fa scivolare addosso il fastidio che prova ogni qual volta una persona già adulta gli dà del *lei*, e annuisce porgendole la carta di credito.

"Sono Ivano Noto, nipote di Augusto. Stava nella casa poco più su", spiega.

La ragazza annuisce.

"Conosco quella casa, quando vado a correre ci passo accanto".

Prende lo scontrino e glielo consegna assieme alla carta di credito.

"Non ho mai incontrato suo nonno ma conosco la vicenda. Deve essere stata una tragedia", commenta.

Ivano alza le spalle.

"Ormai l'abbiamo elaborata. Salutami tua zia, magari si ricorderà di me".

"Non mancherò", promette la ragazza con il tono di chi se ne sarebbe dimenticato dopo un istante.

Torna a casa, ripone le birre nel frigo e scarta un tramezzino sul tavolo in formica rossa della cucina.

Sulla parete di fronte a lui, accanto al frigorifero, sono appese alcune foto.

La prima immortala il giorno delle nozze dei suoi nonni.

In un magnifico bianco e nero lui e la moglie guardano l'obiettivo con espressione molto seria che suona stonata rispetto al momento gioioso che stavano vivendo.

Il nonno è in completo nero con una cravatta chiara, la nonna nel tradizionale abito bianco con il capo coperto dal velo. Lei lo tiene sotto braccio e nella mano libera stringe un mazzo di fiori.

Ivano non l'ha mai conosciuta, giacché è morta di tumore alle ossa quando lui aveva solo due anni.

Sotto quella del matrimonio c'è un'altra foto, anch'essa in bianco e nero, che ritrae il nonno assieme ai colleghi.

I dipendenti sono schierati nel cortile aziendale con la fabbrica sullo sfondo.

Sono una cinquantina di persone disposti su tre file, gli uomini – che costituiscono la maggioranza – in completo scuro e cravatta, le poche donne con gonna a pieghe, capelli raccolti e scarpe basse.

Il nonno è sulla destra, con la stessa espressione seria e concentrata che aveva in occasione del matrimonio.

Ivano prende il telefonino e fotografa le immagini appese alla parete. Consegnerà gli originali a suo padre, ma gli piace l'idea di averne una copia con sé.

La terza foto è l'unica a colori e lo ritrae poco prima di una battuta di caccia, giacché è vestito con i paramenti dell'occorrenza e tiene un fucile appoggiato alla spalla.

Ai suoi piedi è accoccolato Hugo, un setter irlandese che il nonno aveva acquistato proprio per la caccia ma che si era presto rivelato poco utile allo scopo avendo la propensione a divorare le prede.

Ivano ha un tenero ricordo di quel cane, di fatto la sola compagnia affettuosa nelle giornate passate lì da figlio unico.

Suo nonno e Hugo avevano vissuto assieme per sei anni, poi un mattino di luglio il nonno aveva preso una pistola, aveva conficcato una pallottola nel cranio del cane e poi aveva rivolto l'arma verso se stesso.

Li aveva trovati il postino due giorni dopo, e tutt'ora Ivano ricorda con senso di colpa come avesse sofferto più per la perdita dell'animale che per quella del nonno.

A proposito di armi, deve capire dove siano conservate, visto che il nonno ne possedeva certamente più di una.

A norma di legge dovrebbero essere custodite in un armadio blindato, e quello nero visto prima in laboratorio gli sembra l'opzione più verosimile.

Fotografa anche quell'ultima immagine, poi prende una birra dal frigo, sebbene sia ancora troppo calda per i suoi gusti, e scende al piano sottostante.

Prova ad aprire l'armadio metallico, ma la serratura è bloccata; deve verificare se la chiave sia tra quelle lasciategli da suo padre.

Prende un sorso di birra e prosegue l'esplorazione del laboratorio.

Trova un alambicco per distillare la grappa, perfettamente pulito e forse mai usato, e – dietro un pannello di legno – una pulsantiera che gli strappa un sorriso: è il quadro di controllo dell'aria condizionata.

Sicuramente non era presente ai tempi in cui lui frequentava quella casa da bambino, suo nonno doveva averla installata successivamente.

O forse c'era e non veniva messa in funzione.

È un impianto datato e non riesce subito a farlo partire, ma dopo aver premuto qualche pulsante a caso sente un motore avviarsi da qualche parte sopra di lui.

Imposta la temperatura su ventiquattro gradi – fuori ce ne sono almeno trenta, meglio non creare troppo contrasto – e sente un soffio di aria fresca accarezzargli il volto.

Solleva la testa e nota come vicino al soffitto ci siano dei bocchettoni.

Non li aveva mai notati, ma effettivamente quante volte una persona alza lo sguardo verso il soffitto?

L'impianto è antiquato e forse sottodimensionato per una casa su due livelli, ma lo aiuterà ad alleviare il calore opprimente di quei giorni, e – non è secondario – contribuirà a tenere alto il prezzo di vendita.

A proposito della vendita, prende il telefonino e chiama suo cugino.

"Giusto per regolarmi, a che ora vengono gli inglesi domani?", gli chiede.

"Non lo so".

"Come non lo sai? Non hai fissato un appuntamento?".

"Sì, ma non mi hanno detto un'ora, mi hanno solo detto che sarebbero tornati giovedì".

"E io cosa faccio, li aspetto tutto il giorno? Chiamali e fatti dare un'ora, per cortesia".

"Ehm...temo di non avere un numero di telefono", annaspa Mario.

"Stai scherzando? Io mi sono fatto quattro ore di auto, è tutto il giorno che pulisco casa e magari questi non solo non si presentano, ma non possiamo neppure rintracciarli?".

"Ivano, non è il mio lavoro – reagisce risentito il cugino – io ho un negozio di casalinghi. Questi sono venuti da me per comprare un bollitore, hanno chiesto se fossi a conoscenza di qualche casa in vendita e li ho accompagnati a vedere quella del nonno. È piaciuta e mi hanno detto che sarebbero ritornati giovedì, tutto qui".

"Quindi siamo in balia di sconosciuti che, se se ne ricordano e se *tu* hai capito bene – non avrebbe toccato quel tasto, ma a quel punto non si astiene – forse verranno domani. In un momento qualunque della giornata".

"Ivano, per me va bene così – risponde stizzito Mario – Non è un problema mio vendere quella casa, ho pensato di poterti aiutare e l'ho fatto senza pensarci due volte. Non ti sta bene? Pazienza, venditela da solo".

La comunicazione si interrompe.

Suo padre ha ragione, Mario è stupido.

Ha tre anni meno di lui ed è tornato a vivere con i genitori dopo la separazione da una ragazza polacca dopo cinque anni di matrimonio. Le ha dovuto lasciare la casa e continuare a pagare il relativo mutuo, così ha fatto di necessità virtù ed è tornato tra le mura familiari.

E ora cosa può fare?

Ora non ha altra scelta se non sperare che gli inglesi si presentino e andare avanti più possibile con i lavori, male non farà.

Chiama sua moglie, ma non ottiene risposta, probabilmente sta riposando.

Scende al piano di sotto a cercare un secchio e del detersivo per i vetri: le prossime ore le dedicherà alla pulizia delle vetrate della sala ottagonale.

Capitolo 3

Studi scientifici sostengono come l'emisfero sinistro del nostro cervello durante la notte rimanga parzialmente vigile, soprattutto se stiamo dormendo in un luogo poco familiare.

È un'eredità del nostro passato più antico, quando l'uomo era ancora soggetto ad attacchi da parte di predatori e aveva la necessità di monitorare l'ambiente circostante anche durante il sonno, così come tutt'ora capita agli animali che vivono liberi.

Per questo motivo l'orecchio di Ivano impiega pochi centesimi di secondo a trasmettere il messaggio di allarme al cervello, che reagisce facendo svegliare anche l'emisfero destro.

C'è stato un rumore in casa.

Apre gli occhi ed è buio, quel buio lattiginoso di quando la notte è ancora profonda.

Che ore sono?

Il telefonino lo informa che sono le cinque e sette minuti.

Si mette a sedere sul materasso e tende l'orecchio per provare a cogliere nuovamente il suono.

Silenzio, poi lo sente.

È un suono leggero ma rapido, come un ticchettio.

Per qualche istante non lo sente più, tanto da supporre di averlo solo immaginato, poi lo percepisce nuovamente e lo riconosce.

È quello scalpiccio di unghie che producono i cani quando camminano sul pavimento.

È entrato un cane in casa?

Si alza dal letto e, ancora in boxer, esce dalla stanza, quindi si ferma un paio di passi dopo la soglia.

Per un attimo la casa rimane silenziosa, poi lo avverte nuovamente al piano di sopra.

Sembra provenire dal salone.

Deve aver lasciato una finestra aperta, o forse quella casa ha dei passaggi che ancora non ha scoperto.

Sale gli scalini a due a due e si ferma nel corridoio.

La porta esterna è chiusa, per sicurezza controlla strattonando la maniglia con la mano.

È bloccata.

Dalle finestre della sala ottagonale filtra un leggero chiarore proveniente dai lampioni della strada, benché questa sia lontana una ventina di metri.

Non c'è nessuno e le finestre sono tutte chiuse.

Che abbia sentito male?

Entra nella stanza e la perlustra con lo sguardo.

Sta per uscire quando la testa di un cane fa capolino da dietro una poltrona.

È un setter irlandese dal pelo fulvo, molto somigliante al cane di suo nonno.

"Hugo?", chiama ad alta voce.

Il cane risponde con un timido mugolio.

Hugo? Come è possibile?

L'animale esce dal suo rifugio e mentre avanza verso di lui la coda si agita freneticamente.

La somiglianza è notevole, ma non può essere Hugo.

Il cane lo annusa rimanendo a distanza, poi si volta e compie qualche passo verso l'ingresso, quindi si ferma e si volta di nuovo verso di lui.

Vuole essere seguito.

Ivano gli va dietro fino la stanza del nonno.

La porta è solo accostata, eppure Ivano ricorda bene di averla chiusa il giorno prima.

Il cane la spinge con il muso e penetra all'interno.

Dalla finestra la luce dei lampioni illumina un letto disfatto, come se qualcuno si fosse appena alzato dopo averci dormito.

Ivano sente la gola serrarsi.

Se sulla porta chiusa può avanzare qualche dubbio, sul letto non può sbagliarsi: il giorno prima il materasso era spoglio, lo ricorda bene.

Un brivido gli percorre la spina dorsale.

Il cane lo guarda scodinzolando.

Cosa cazzo sta capitando?

Retrocede verso la porta senza voltarsi, incapace di distogliere lo sguardo da quel letto sfatto.

Le sue pupille ora si sono abituate al buio e distingue sul comodino un bicchiere pieno d'acqua e un orologio d'oro con il cinturino in pelle, molto simile a quello di suo nonno.

Hugo continua a guardarlo scodinzolando lentamente.

Non è Hugo!

Sempre a ritroso esce dalla stanza e chiude la porta.

Il cuore non accenna a rallentare, deve appoggiarsi alla parete per rimanere in piedi.

Deve andare via, deve uscire il prima possibile; qualunque cosa stia capitando non vuole rimanere in quella casa!

Scende di corsa al piano di sotto, indossa una maglietta e un paio di pantaloncini e torna su.

La porta della camera è ancora chiusa, ma attraverso il legno sente il suono delle unghie del cane che grattano per farsi aprire.

Ignora quel rumore ed esce in cortile, balza in auto e la mette in moto.

Inserisce la prima e compie un arco per imboccare la strada sterrata, quindi preme l'acceleratore, incurante del fondo scosceso.

Gli abbaglianti illuminano sia la strada che la vegetazione ai suoi lati.

L'albero di gelsi è ora coperto di frutti.

Rimane seduto in auto accanto allo spaccio fino all'alba.

Con il sorgere del sole il suo battito cardiaco torna regolare e il cervello inizia a ragionare con maggiore lucidità.

A cosa ha appena assistito?

Lui è un insegnante di matematica e fisica, ha ben chiaro la distinzione tra cosa è possibile e cosa è impossibile.

Un corpo immerso in un liquido riceve una spinta verticale dal basso verso l'alto, uguale per intensità al peso del fluido spostato.

Succede sempre, è legge della fisica.

L'energia interna di un sistema è costante, questo dice il primo principio della termodinamica, e – siccome la materia è energia – questo è un motivo sufficiente e inoppugnabile per affermare che un cane morto venticinque anni prima non può tornare agitando la coda.

E visto che non può essere Hugo, dove essere necessariamente un altro cane, per quanto molto somigliante.

Come è entrato in casa?

E il letto disfatto nella stanza del nonno?

Qualcuno deve averci dormito mentre lui era al piano di sotto.

Davanti a lui, senza accorgersi della sua presenza, passa la ragazza con il piercing al labbro.

Inserisce una chiave in una serratura nel muro e con un ronzio la saracinesca del negozio comincia a salire.

Ivano scende dall'auto e la ragazza quasi trasalisce.

"Apriamo tra dieci minuti – gli dice quando lo riconosce – Ha urgenza?".

"Volevo un pacchetto di sigarette, le vendete?".

Aveva smesso quattro anni prima quando era nato Mirko, ma mai come in quel momento sente che un'eccezione sarebbe sacrosanta.

"No, ma posso darle un pacchetto delle mie".

Apre la minuscola borsetta che tiene a tracolla e ne estrae una confezione di Winston.

"Sei sicura? Ne hai altri?", domanda Ivano.

"Ne ho due interi, per oggi mi bastano e avanzano".

L'uomo prende il pacchetto e si fruga in tasca, accorgendosi solo in quel momento di essere uscito senza portafoglio.

"Ti chiedo scusa, non mi ero accorto di non avere soldi con me", confessa allungando la mano per restituirle il pacchetto.

"Tranquillo, me lo paghi la prossima volta. Tra l'altro, mia zia ti saluta, si ricorda di te".

Almeno sono passati a darsi del tu.

La ragazza sblocca le porte a vetro del minimarket.

"Hai bisogno di qualcosa nel negozio?", gli chiede indugiando sulla soglia.

Ivano scuote la testa, la ringrazia e scarta il pacchetto di sigarette, mentre la ragazza entra nello spaccio.

Ne mette una in bocca e la accende con l'accendisigari dell'auto.

La prima boccata è acre e gli provoca un attacco di tosse, come un quattordicenne alla sua prima tirata.

Aspetta che gli occhi smettano di lacrimare e aspira di nuovo.

Questa volta va meglio.

Prende il telefonino e seleziona il contatto di suo cugino.

È presto, ma è necessario sentirlo subito.

"Scusa l'ora – esordisce – ma devo farti una domanda importante".

Dall'altra parte sente una specie di grugnito.

"Oltre a te chi ha le chiavi della casa del nonno?".

Uno sbadiglio, poi: "Nessuno. Cioè, a parte te".

"In questi anni non è mai capitato che sia stata affittata a qualcuno, anche per un breve periodo".

Mario sbadiglia nuovamente.

"No".

"Qualcuno venuto ad effettuare dei lavori?", lo incalza.

"Non che io sappia, ma perché mi chiedi questo? Manca qualcosa? Ci sono dei danni?".

Mario ha colto il punto, pur non sapendo di cosa parla: chi si introduce in casa altrui semplicemente per dormirci?

Un barbone?

Certo, un barbone si introduce in casa d'altri, prima di dormire mette lenzuola e federe sul letto e poi se ne va lasciando l'orologio d'oro sul comodino.

"No, era solo per sapere".

Congeda il cugino e chiama suo padre.

Lui è mattiniero ed è sicuro di trovarlo sveglio.

"Senti, una curiosità: l'orologio d'oro del nonno, quello che ha sempre portato, dove è finito dopo la sua morte?".

"In un certo senso ce l'ha ancora lui, l'abbiamo cremato con quello al polso. Perché?".

"Niente, mi chiedevo se fosse ancora in casa in modo di cercarlo prima di venderla", inventa.

"No, tranquillo, non dovrebbe esserci nulla di valore lì dentro. Forse dei dischi e libri vecchi, ma hanno solo un valore affettivo".

Ivano saluta il genitore e si mette alla guida verso Villa Anastasia.

Alla luce del giorno sembra meno sinistra, anche la

strada sterrata gli sembra meno sconnessa del giorno precedente.

L'albero di gelsi ora non ha frutti sui rami.

Arresta l'auto e apre la porta con circospezione.

Lì dentro c'è un cane, chiunque esso sia, e potrebbe rivelarsi aggressivo.

La casa è silenziosa.

Si dirige subito verso la porta della camera da letto del nonno, che è ancora chiusa.

Abbassa la maniglia tenendosi pronto a fronteggiare l'assalto dell'animale, ma non sente alcun rumore.

Nessuno scalpiccio di unghie, nessun guaito.

Nella stanza non c'è nessuno.

Guarda subito verso il letto: il materasso è nuovamente spoglio e sul comodino non c'è nulla.

Esce dalla stanza, forse ancora più agitato di quanto lo sia stato qualche ora prima.

Possibile che si sia ingannato?

Difficile, però è vero che nell'arco temporale in cui è stato via qualcuno potrebbe essere entrato in casa, aver liberato il cane e disfatto il letto.

Si è assentato per oltre un paio di ore, ci sarebbe stato il tempo per fare qualunque cosa.

Esce nuovamente in giardino e si accende la seconda sigaretta dopo quatto anni.

Se le chiavi della porta sono in possesso solo suo e di suo cugino deve esserci qualche altro ingresso.

Percorre il perimetro della casa in senso orario (come quando si chiude un rubinetto).

Il terreno è disseminato di rami secchi e sterpaglie, l'esplorazione sarebbe più agevole con un paio di anfibi anziché con delle New Balance in tela e deve fare attenzione a non incespicare nell'erba alta.

Dopo il primo angolo il terreno diventa ripido e deve

puntellarsi alla parete per non cadere, ma lungo tutto il lato ovest l'unica apertura è la finestra di camera sua, che però è saldamente chiusa.

Il terreno torna pianeggiante all'altezza del laboratorio del nonno, dove effettivamente c'è una porta di uscita, ma è sprangata dall'interno e la ruggine presente sui cardini indica che non viene aperta da secoli.

Risale lungo il lato opposto e torna di fronte alla porta di ingresso, prendendo atto come, almeno lungo il perimetro della casa, non vi sia alcuna via di entrata.

Sente vibrare il telefono in tasca, è sua moglie.

Gracia Delgado e Ivano Noto stanno assieme da otto anni, cioè da quando si erano conosciuti su una nave da crociera in rotta tra Santo Domingo, la Martinica e l'Isola Catalina.

Lui aveva appena lasciato Donatella, la fidanzata con cui aveva diviso sei anni di vita, lei era con sorella e genitori per festeggiare i trent'anni di matrimonio di questi ultimi.

Ivano aveva prenotato con diversi mesi di anticipo in modo da usufruire di una sostanziosa riduzione, e quando lui e Donatella si erano lasciati aveva chiesto alla compagnia di sostituire la sua ex fidanzata con un amico.

Gli era stato risposto che le condizioni della promozione non consentivano il cambio di nominativo e così, pur con parecchie titubanze, si era imbarcato da solo.

Non era particolarmente positivo sul fatto che si sarebbe goduto la vacanza, ma la prospettiva di buttare oltre cinquemila euro lo aveva incoraggiato a provarci.

Le misteriose logiche delle navi da crociera avevano fatto sì che a lui e alla famiglia di Gracia venisse destinato il medesimo tavolo per la cena – anche se forse non c'era nulla di misterioso nell'abbinare un uomo che viaggiava da solo con due donne anche loro sole – e pasto dopo pasto erano entrati in confidenza.

Gracia era nata in Colombia ma aveva passato gran parte della sua vita a Miami, dove i suoi genitori si erano trasferiti quando lei aveva sette anni e dove in quel momento ancora abitavano tutti assieme.

Alla quarta sera Ivano aveva ringraziato mentalmente il rigido regolamento della compagnia navale che, impedendogli di sostituire la sua compagna di viaggio, lo aveva di conseguenza dotato di una stanza con un letto matrimoniale.

Terminata la crociera, tanto osteggiata prima di partire quanto rimpianta dopo, per un anno e mezzo avevano mantenuto una relazione a distanza, vedendosi solo a Natale e l'estate successiva, dopodiché Gracia – che lavorava come analista in ospedale – era riuscita a trovare il medesimo impiego in Italia e si era trasferita.

Tempo un anno e si erano sposati.

"Ti sento strano", gli dice subito.

La lingua è talvolta ancora una barriera tra loro, ma la capacità che ha lei di capirlo al volo prescinde da qualunque vocabolario.

"No, è che ho dormito male", mente lui. È per altro abbastanza vero se si vuole omettere il motivo.

"Hai capito quando riuscirai a tornare?".

"Dipende da questi inglesi, ammesso che si faranno mai vedere. Come stanno tutti i miei bambini?".

"Mirko sta giocando in cameretta e oggi per fortuna è meno nervoso, Francesca sta buona, anche se questa notte anche io ho dormito poco per causa sua".

"Manca ancora poco", cerca di rassicurarla lui appellandosi alla prima banalità che gli viene in mente.

"Non così poco, mi ricordo bene come sono le ultime settimane", obietta la moglie.

Il suono di un motore proveniente dalla strada sterrata attira la sua attenzione.

Un Range Rover grigio avvolto in una nuvola di polvere sta avanzando nella sua direzione, procedendo in maniera molto più spedita di quanto non faccia lui con la Fiesta.

"Ti chiedo scusa ma sta arrivando qualcuno. Ti amo", chiude sbrigativamente.

Il mezzo si ferma a pochi metri da lui e dal lato del guidatore – che in questo caso sta a destra – discende un uomo dal fisico imponente e dal cranio rasato. Deve avere la stessa età di Ivano, ma è parecchio più in forma e indossa una maglietta nera dentro la quale sembra esplodere.

Dal posto del passeggero scende un altro uomo, leggermente più anziano e dalla pelle rosata e lentigginosa.

"Hi, I'm Mark, he's Donald – si presenta il palestrato – Siamo qui per vedere la casa".

"Certo, vi aspettavo", mente Ivano.

Stringe le mani ad entrambi e li accompagna in casa.

Una volta dentro, e guardando la casa con gli occhi di un potenziale acquirente, si rende conto che nonostante le ore impiegate a pulire e a mettere in ordine il risultato è ancora lontano dall'essere impeccabile.

Sulle pareti ci sono ancora alcune macchie, in un angolo vede una ragnatela e nel water l'acqua ha disegnato sulla ceramica una striscia color ruggine che nessun detersivo è riuscito a rimuovere.

Ha un attimo di trepidazione quando deve aprire la porta della stanza del nonno, ma la trova esattamente come dovrebbe essere.

I due inglesi lo seguono silenziosi, scattando foto e commentando tra loro con brevi frasi nella loro lingua che Ivano comprende solo in parte.

Gli apprezzamenti migliori arrivano in merito alla sala ottagonale e all'angolo bar, però muovono qualche critica all'impianto di condizionamento considerato obsoleto e al frigo troppo piccolo.

Donald si sofferma per qualche istante a sfogliare i dischi in vinile del nonno.

"Te li lascio se ti interessano", gli promette Ivano, ma l'uomo scuote la testa in un gentile rifiuto.

Terminato il breve tour tornano nuovamente in giardino.

"Allora, impressioni?", domanda Ivano.

Il rosso annuisce.

"Va bene, *I like it*. Serve fare un po' di lavori, ma è *OK*. Sicuramente va asfaltata la strada".

L'altro, quello rasato, tiene le braccia dietro alla schiena e non dice nulla.

"La casa ve la vendo così come la vedete, vi lascio i mobili e tutto quello che avete visto, ma ovviamente ci sono margini per personalizzarla a vostro piacimento, anche io cambierei qualcosa dovessi abitarvi. Vi serve per la villeggiatura?".

Il rosso scuote la testa.

"No, ci interessa per venirci ad abitare. Io sono un critico musicale, lui è un web master, possiamo lavorare in qualunque luogo del mondo dove c'è una connessione internet, ma è importante che sia un luogo tranquillo. Non vogliamo avere vicini con i bambini che piangono e i cani che abbaiano, *sorry*".

"Direi che allora questo potrebbe essere la soluzione giusta per voi", rimarca Ivano.

"Sì, ma dobbiamo pensarci, è un acquisto importante per noi".

Quanto tempo?

"Oggi manderò le foto ad un nostro amico architetto e lui ci dirà cosa ne pensa – prosegue – Credo che in un paio di giorni saremo in grado di dirle cosa abbiamo intenzione di fare".

Ivano avrebbe preferito risolverla in tempi più rapidi, ma non vuole mettere loro fretta.

"Ecco, a proposito di questo, scambiamoci i telefonini così possiamo sentirci quando vogliamo", ne approfitta.

Il rosso porge a Ivano un biglietto da visita, Ivano gli detta il suo numero di telefono.

"Ok – dice Donald – domani *I'll give you a call*".

Si stringono la mano, risalgono in auto e abbandonano la tenuta lasciando dietro di loro una nuvola di polvere.

Ivano li segue con lo sguardo fino a quando non scompaiono dietro all'albero dei gelsi, poi rientra in casa e torna nella sala.

Assodato che dovrà rimanere lì almeno per un altro paio di giorni, dove dormirà?

Sono passate diverse ore e ora l'esperienza vissuta la notte prima gli sembra più sfumata, come un ricordo lontano i cui dettagli appaiono come scontornati.

Cosa ha visto la notte passata?

O meglio, ha visto *realmente* qualcosa?

Era notte fonda, era stanco per il viaggio ed è verosimile che quella casa abbia evocato in lui ricordi e suggestioni.

Aveva anche bevuto un paio di bicchierini di grappa, che sicuramente non avevano contribuito alla sua lucidità.

Si siede sulla poltrona.

Il pomeriggio precedente aveva visto la foto del cane e di suo nonno, aveva dormito nel letto di quando era ragazzino, dopodiché il suo cervello aveva elaborato quella situazione e gli aveva fatto immaginare Hugo e la stanza del nonno come se gli ultimi trent'anni non fossero passati.

Magari c'era stato effettivamente un cane in casa – entrato chissà come – ma non certamente Hugo, anche solo per un mero fattore anagrafico.

I sogni sono spesso elaborazioni del vissuto, non lo sta scoprendo ora; la stanchezza, la poca luce e la suggestione avevano fatto il resto.

Si alza, si stiracchia e si dirige verso il giradischi.

Prende un vinile dei *Los Tre Paraguayos* e lo mette sul piatto, domandandosi se ancora sia funzionante.

Solleva la puntina, la appoggia sul vinile e dopo un crepitio incoraggiante una musica composta da chitarra e flauto si diffonde dagli speaker:

En nuestra tierra
Sólo arde encanto;
Cuánta belleza por doquier hay

Sente un suono secco e il piatto smette di girare con un cigolio.

Deve essersi rotta la cinghia, sfibrata dopo trent'anni di inutilizzo.

Sospira e scende al piano sottostante a recuperare dei detersivi: visto che dovrà passare un'altra notte lì è meglio che dia una pulita al bagno.

Capitolo 4

Ivano è seduto a gambe incociate sul letto della sua cameretta di Villa Anastasia.

Non sa dove siano i suoi genitori, ma non sono in casa.

Davanti a sé ha un libro aperto, ma i caratteri sulla pagina sembrano stampati a caso e non formano parole di senso compiuto.

Si chiede perché suo nonno possieda un volume del genere.

La luce del sole che filtra dalla finestra è tenue, segno che il sole sta tramontando.

Torna ad osservare la pagina, ma in quel momento dal piano di sopra giunge un rumore assordante.

È uno sparo, al quale segue un guaito acuto.

Qualcuno ha sparato a Hugo?

Deve andare al piano di sopra, capire se sia entrato qualcuno e se suo nonno abbia bisogno di aiuto, ma le gambe non rispondono allo stimolo, come se fosse paralizzato.

Un altro sparo, poi è silenzio.

Cosa è successo?

Deve correre su, ma non ci riesce, le gambe continuano a non reagire.

Poi sente un rumore sulle scale.

È il suono delle zampe di Hugo, che lentamente scendono un gradino alla volta.

L'animale percorre la prima rampa, poi la seconda.

Ivano è spaventato da quello che potrebbe vedere e vorrebbe chiudere la porta, ma non ha il coraggio di alzarsi.

Il cane si affaccia alla porta della cameretta mentre Ivano trattiene il fiato.

Il proiettile deve aver colpito Hugo nell'occhio destro, perché dove una volta c'era il bulbo oculare ora c'è una cavità nera e pulsante.

Grumi di sangue misto a pelo colano sul muso del cane, che però non sembra accorgersene perché continua a scodinzolare.

Ivano vorrebbe urlare, ma la voce non esce dalla gola, mentre il suono di un passo trascinato proviene dalle scale.

Ora è un essere umano che sta scendendo con incedere pesante.

Ivano guarda verso la finestra per verificare di avere una via di fuga, ma vede che è chiusa da delle sbarre.

Possibile che non se ne fosse mai accorto?

I passi sono sempre più vicini, mentre Hugo continua a scodinzolare, incurante del liquido viscoso che, dalla cavità oculare, gli cola sul muso e per terra, dove ha già formato una pozza grande come una mano aperta.

La figura del nonno si materializza alle spalle del cane.

Ha una ferita al centro della fronte dalla quale esce un getto di sangue che gli ha già impiastrato quasi tutta la faccia, nella mano destra stringe il fucile da caccia.

Ivano riesce finalmente ad alzarsi dal letto, ma i suoi movimenti sono lenti, come se fosse immerso in acqua.

Prova a correre verso la finestra, ma si sposta solo di qualche centimetro.

Il nonno solleva il fucile e lo punta verso di lui.

"Tu ora muori!", gli dice.
Ivano urla.

Spalanca gli occhi e si mette a sedere di scatto mentre il cuore batte come un forsennato.

Stava sognando.

Apre la bocca e respira lentamente, cercando di far rallentare il battito cardiaco.

Era solo un sogno, si dice.

Si passa una mano tra i capelli e sfiora con le dita la superficie dello schermo del telefono: sono le cinque e dodici, farebbe meglio a rimettersi a dormire.

Si sdraia sul materasso e trae un lungo sospiro, poi lo sente.

Al piano superiore delle unghie robuste stanno veramente picchiettando sulle mattonelle.

Sta ancora dormendo?

Si schiaffeggia la faccia: è sveglio.

Hugo?

Le immagini del sogno sono ancora vivide e si sovrappongono alla realtà.

Hugo è morto da venticinque anni e non può essere lui, però qualcuno è certamente in casa.

Non accende la luce per non rivelare la sua presenza e aiutandosi con la torcia dello smartphone cerca qualcosa con cui potersi difendere.

Apre l'armadio ed accanto alla scatola dei giochi trova una retina per catturare i pesci: certo non è un'arma mortale, ma il manico di legno è lungo circa un metro e potrebbe fare male se calato con forza.

Sale le scale in punta di piedi, brandendo la retina con due mani come una spada ed emerge in corridoio.

Stringe più saldamente il bastone e si guarda attorno.

Dalla sala ottagonale sbuca un setter irlandese che quando lo vede gli viene incontro scodinzolando.

Il cane trotterella fino ad un passo da Ivano, poi si volta e torna nel salotto, invitandolo a seguirlo

Ivano asseconda l'invito ed entra nella sala ottagonale, ma quando varca la soglia rimane paralizzato.

Nella stanza, seduto su una poltrona, c'è un uomo.

Il volto è al buio e non riesce a vederlo in viso.

"Chi cazzo sei?", domanda Ivano con una voce più stridula di quanto avrebbe voluto.

L'uomo non reagisce e allunga la mano verso il cane, che si lascia accarezzare.

Ivano solleva la retina come se fosse una clava.

La luce che penetra dalle vetrate non è forte, ma l'adrenalina gli dilata le pupille e lo riconosce.

È Augusto Noto, suo nonno.

Sente il cuore raddoppiare i battiti e apre la bocca per aumentare l'ossigenazione.

Non è reale. Non può esserlo.

Se la presenza del cane può essere spiegata con la somiglianza tra due esemplari della stessa razza, con l'uomo seduto in poltrona non è possibile.

È lui, con i suoi baffi sottili alla Clark Gable e i capelli pettinati all'indietro lucidi di brillantina.

Indossa una giacca da camera in raso rosso e l'orologio d'oro con il cinturino in pelle, portato sul polso destro in conseguenza di una vecchia frattura al braccio sinistro.

Hugo si volta verso Ivano, come per invitarlo ad avanzare, ma l'uomo non riesce a muovere un muscolo, così il cane si siede accanto al suo padrone.

L'anziano non sembra accorgersi di Ivano e allunga una mano per accarezzare il cane.

Ivano si appoggia allo stipite della porta per non accasciarsi a terra.

Non è mai stato così spaventato in vita sua.

"Nonno?", chiama, e la voce esce talmente flebile che neppure lui l'avrebbe udita se non ci fosse stato silenzio assoluto.

Augusto Noto rimane seduto senza dar segno di averlo sentito.

Ivano deglutisce.

Quello non è suo nonno, non può esserlo, ma di qualunque cosa si tratti si trova lì davanti ai suoi occhi.

Deve fotografarlo, deve filmarlo, deve raccogliere una testimonianza di quanto sta capitando.

Porta la mano verso la tasca per recuperare il telefonino, ma si rende conto di essere ancora in boxer e di averlo lasciato nella sua camera al piano di sotto.

Deve compiere uno sforzo per muovere le gambe che – come nel sogno – sembrano diventate di gesso, poi scende rapidamente le scale cercando allo stesso tempo di non fare rumore, anche se l'entità al piano di sopra non sembra avvertire la sua presenza.

A tastoni trova il telefono sul comodino e mentre risale le scale attiva la videocamera per non perdere neppure un fotogramma.

Si sporge oltre lo stipite protendendo il telefono come un'arma, ma lo abbassa non appena si rende conto di essere solo.

Nessuno è seduto sulla poltrona, nessun cane annusa in giro scodinzolando.

"Hugo?", chiama.

Ode uno scatto provenire dallo stereo, e dopo un istante l'aria si riempie della voce di Jim Morrison.

"Before you slip into unconsciousness I'd like to have another kiss".

Si accende la sua terza sigaretta seduto sulla panchina di metallo fuori di casa con addosso solo il paio di boxer.

Il cielo sta cominciando a rischiararsi ma il sole non è ancora sorto.

Il cuore batte ancora forte e il suo sguardo è fisso sulla porta di ingresso, pronto a balzare in piedi se qualcuno dovesse aprirla dall'interno.

Quanti anni ha suo nonno?

Anzi, quanti anni *avrebbe*?

Era del 1922, quindi quasi cento.

Ecco, anche ammesso che non si fosse sparato un colpo in testa e che nell'urna al suo posto ci sia qualcun altro, l'uomo visto poco prima non era certamente un centenario.

Era suo nonno con le sembianze dell'ultima volta in cui l'aveva incontrato, quando aveva poco più di settant'anni.

Le opzioni sono quindi solo due: o ha appena avuto delle allucinazioni, o ha visto un fantasma.

Aspira dalla sigaretta.

Oppure una terza opzione che però in quel momento non sa formulare.

Getta la sigaretta a terra e torna in casa.

Ora la stanza ottagonale è più luminosa e sembra meno sinistra, tuttavia prima di entrare si assicura con uno sguardo che non ci sia nessuno.

Va verso la poltrona dove ha visto il nonno e posa una mano sulla seduta.

È suggestione o è leggermente tiepida?

Si rammarica di non aver compiuto quel controllo una decina di minuti prima, non appena tornato su dalla sua stanza, ma era troppo spaventato.

Torna al piano di sotto e si veste.

Posteggia davanti al minimarket ancora chiuso.

È ancora troppo presto, così approfitta dell'attesa per fumare un'altra sigaretta e fare qualche ricerca on line.

Dopo una ventina di minuti sente la tensione scemare, così posa il telefonino sul sedile del passeggero, appoggia la testa al sedile e chiude gli occhi.

Si addormenta.

"Stai bene?".

Si sveglia di soprassalto, la ragazza con il piercing è in piedi accanto alla Fiesta.

"Non riesco a dormire bene", sintetizza scendendo dall'auto.

La donna raggiunge la porta del negozio, inserisce la chiave nel nottolino e la saracinesca comincia ad alzarsi.

"Intanto ti volevo restituire i soldi delle sigarette e ringraziarti – dice allungandole una banconota da cinque euro – Poi volevo chiederti un'informazione".

"Dimmi", risponde lei prendendo i soldi e infilandoli nella tasca dei jeans attillati.

"Stavo guardando su Trip Advisor ma non trovo nulla, che tu sappia c'è un hotel qui?".

La ragazza sblocca le porte e entra nel minimarket, Ivano la segue all'interno.

"Qui Trip Advisor non sanno neppure cosa sia – risponde lei ridacchiando – Ma c'è un *bed and breakfast* poco più avanti dopo il distributore Agip, troverai un cartello verde. È un mio amico, puoi dire che ti manda Mara".

Prende un camice da un appendiabiti e lo indossa sopra ai vestiti.

"Hai bisogno di altro? Posso aiutarti?".

"No, mi hai già aiutato, ci vediamo".

Esce dal negozio e sale in auto.

Deve prima fare una commissione che teme gli porterà via parecchio tempo.

Prende possesso di una stanza al *bed and breakfast Il Frutteto* solo nel primo pomeriggio.

La camera – priva sia di wi-fi che di aria condizionata – è molto spartana, con un letto doppio addossato al muro, un piccolo televisore a schermo piatto appeso alla parete e una scrivania di bassa qualità appena sotto.

La temperatura è torrida e per mitigarla Ivano spalanca la finestra che si affaccia sul frutteto a cui la struttura alberghiera deve il nome.

Non vede l'ora di buttarsi sotto la doccia per rinfrescarsi, ma prima deve controllare che tutto funzioni correttamente.

Apre lo zainetto, ne estrae un monitor delle dimensioni di un tablet e lo accende.

Ha dovuto andare fino al capoluogo per procurarsi l'apparecchiatura di cui ha bisogno e ha speso una fortuna, ma è molto soddisfatto.

Il monitor è collegato con una webcam ad infrarossi montata al di sopra di una delle finestre della stanza ottagonale a Villa Anastasia, posizionata in modo da inquadrare tutta la camera e una parte dell'ingresso.

Può essere azionata a comando, come sta facendo in quel momento, oppure attivarsi da sola attraverso i sensori di movimento, e dispone di una scheda memoria di dieci giga su cui salva qualunque cosa transiti davanti agli obiettivi.

Data l'assenza di connessione internet nella casa del nonno ha dovuto procurarsi un modello che trasmette il segnale via radio a patti di essere nel raggio di un chilometro e mezzo.

Gli è costato quattrocentosettantacinque euro che non aveva messo in preventivo di spendere, ma visto tutto ritiene di aver fatto bene.

Ne va della sua salute mentale, e non solo.

L'immagine, pur non essendo in HD, è piuttosto nitida, e in quella posizione la telecamera beneficia di un'ottima illuminazione naturale attraverso le ampie vetrate.

Attiva il sensore di movimento e spegne il monitor.

La stanza è caldissima e l'unica maniera per attenuare la cappa di calore è una pala appesa al soffitto.

Ivano la aziona tirando una cordicella e l'apparecchio si mette in funzione, anche se alcune oscillazioni del piantone non sono tranquillizzanti.

Si sposta in bagno.

È un locale stretto e lungo, l'asse del water è fessurato e tenuto assieme da due giri di nastro americano.

Si spoglia e si butta sotto la doccia, indugiando per una ventina di minuti sotto al getto fresco cercando di lavare via la stanchezza.

Nelle ultime due notti ha dormito solo qualche ora e non ha più la fibra per stare sveglio così a lungo.

Chiude l'acqua e si avvolge nell'asciugamano in dotazione, ruvido e stressato da troppi lavaggi, poi torna nella stanza e quando si siede sul letto il telefono lo avvisa che suo cugino l'ha cercato sette minuti prima.

Gli aveva promesso di chiamarlo dopo l'incontro con gli inglesi e poi se ne era dimenticato.

"Perdonami, mi sono dimenticato di raccontarti dell'incontro con i due inglesi", si scusa quando Mario risponde.

"Ah, neppure sapevo che fossero venuti. Poi mi racconterai, ma non è per questo che ti ho chiamato".

"Per cosa?".

"Ieri mi hai chiesto se qualcuno avesse affittato la casa in passato e ti ho risposto di no, ma mi sbagliavo. Ne ho parlato con mia madre e mi ha ricordato che una quindicina di anni fa avevamo affittato la casa a due famiglie. All'epoca abitavo già con Kasja e per questo non lo sapevo".

"Tua madre li conosceva? Erano amici suoi?".

"No, credo avesse messo un annuncio".

"Era andato tutto liscio con loro o c'era stato qualche problema?".

"Non proprio: la prima famiglia rispettò il contratto e non ci furono intoppi; la seconda, invece, nonostante avesse pagato per un mese intero, dopo qualche giorno se ne andò via".

"Senza dire nulla?".

"Più o meno: telefonarono a mia madre dicendo che avevano avuto un imprevisto e che avevano dovuto andare via. Mia madre la conosci, non si fa mai gli affari suoi, così chiese cosa fosse successo e le sembrò che non avessero una scusa valida, così pensò fosse meglio cambiare la serratura.

"In conclusione, per rispondere alla tua domanda, ti confermo che le sole chiavi in grado di aprire casa di nonno sono quelle che abbiamo io e te".

"Ok, grazie. Per quanto riguarda gli inglesi...".

"Senti, non stiamo a parlare al telefono – lo interrompe – vieni a cena da noi stasera, i miei è tanto che non ti vedono e gli farebbe piacere".

Ivano non è dell'umore di vedere gente e preferirebbe riposarsi, ma gli sembra sgarbato rifiutare l'invito.

"Certo, vengo volentieri", mente.

"Bene, allora ci vediamo più tardi. Chiamo subito mia madre per avvisarla", dice il cugino.

Ivano sente il segnale di un avviso di chiamata.

È un numero anonimo, potrebbe essere già uno dei due inglesi.

"Mario, devo lasciarti anche io, ci vediamo questa sera".

Commuta la telefonata sull'altra linea.

"Pronto?".

"Testa di cazzo, vedi di non farti vedere in giro che ti spacco tutte le ossa!", qualcuno gli urla nell'orecchio.

È una voce maschile e non appartiene sicuramente a nessuno dei due potenziali acquirenti.

"Chi è? Con chi parlo?", chiede timoroso.

"Sono Colagrossi, testa di cazzo!".

È Pietro Colagrossi, padre di Angela Colagrossi, allieva di Ivano.

Anzi, tecnicamente ex allieva, giacché l'ha appena bocciata.

"Io e lei non abbiamo nulla da dirci e non deve chiamarmi più. Come ha avuto il mio numero?".

"Cazzi miei. So dove sei coglione, ti vengo a prendere quando voglio".

Dubito che tu riesca ad arrivare fino a qui.

Ivano deglutisce.

"Non mi fa paura – risponde – E prima di chiudere le dico solo che se fosse venuto a parlarmi nei mesi passati anziché chiamarmi ora forse sua figlia non dovrebbe ripetere l'anno. A non rivederci!".

Chiude la chiamata e subito sente le mani tremare.

Non è una persona aggressiva, non lo è mai stato, ed è sempre a disagio con chi si pone in maniera ostile, anche se solo telefonicamente.

Come ha fatto quell'uomo ad entrare in possesso del suo numero?

Chiama la segreteria della scuola. L'anno scolastico è terminato, ma fino a fine mese vi lavora ancora il personale amministrativo.

"Carla, per caso ha chiamato un certo Colagrossi per avere il mio numero?", chiede alla donna che risponde.

"Colagrossi? No – una pausa – Oddio, ora che me lo domandi ha chiamato una decina di minuti fa un tizio chiedendo di te, però mi ha detto di essere il tuo vicino del piano di sotto e che ti stava cercando perché c'era un'infiltrazione di acqua. Gli ho dato il tuo numero, mi spiace".

La donna è costernata.

Ivano scuote la testa.

"Non importa. Mica gli hai detto dove mi trovo?".

"Ehm...temo di sì, mi ha detto che doveva entrare rapidamente in casa tua e così gli ho detto che eri fuori regione. Ma non gli ho dato il tuo indirizzo, non lo conosco neppure".

"Cosa gli hai detto?".

"Gli ho detto solo la regione. Forse la provincia. Mi spiace Ivano, pensavo di aiutarti, e invece sono sempre la solita chiacchierona!".

Ivano sospira, non è la prima volta che Carla commette qualche pasticcio per la sua smania di chiacchierare, come quella volta che aveva rivelato a tutti di aver visto Daniela, l'insegnante di francese, appartarsi in auto con il padre di un allievo.

Lei era sposata e ci era mancato poco che ci rimettesse il matrimonio.

"Lascia stare, ormai è fatta – aveva concluso – Per il futuro, però, non dare mai i telefonini degli insegnanti, ci sono troppi idioti in giro".

"Hai ragione, non so come scusarmi. Mi ha proprio ingannata!".

Cosa può fare, farle una piazzata? Ad una donna con vent'anni più di lui e prossima alla pensione?

"Dai, non preoccuparti Carla, è solo un coglione".

"Mi spiace veramente. Ma chi è sto tizio?".

"È il padre di Angela Colagrossi, quella con i capelli viola che gira sempre assieme a Marta Iacono e Greta Proietti".

"Ah, ho capito! Non è quello che è stato in carcere?".

Ottimo, veramente ottimo!

"Non so, l'ultima volta che l'ho visto è stato oltre un anno fa. È stato in carcere veramente?".

"Così si dice, sempre che non lo confonda con un altro".

"Senti, quel che è fatto è fatto, l'importante è che se dovesse mai telefonare altre volte non gli si dia nessuna informazione. Ma non credo lo farà, voleva insultarmi e l'ha fatto".

"Mi spiace professore, non capiterà più".

"Tranquilla, non potevi saperlo. Passa una buona giornata".

Chiude la telefonata e sbuffa.

Ci mancava solo più questa rottura di coglioni.

Capitolo 5

Ivano entra in camera, si toglie la maglietta e si sdraia sul letto.

Fa ancora caldo nonostante siano le undici di sera passate, e il disagio è accentuato dai postumi della cena luculliana appena consumata a casa degli zii.

Guarda con una certa diffidenza la pala montata sul soffitto, poi tira la cordicella e la aziona, traendo un po' di sollievo dallo spostamento d'aria.

Non ha nulla contro Mario e i genitori, ma quella sera non era nello spirito migliore per apprezzare la compagnia altrui e aveva accettato solo per evitare che gli zii se ne lagnassero in seguito con suo padre.

In aggiunta gli inglesi non hanno richiamato: ha provato a mettersi in contatto con loro ma il telefono ha squillato a vuoto, e la sensazione che l'affare stia per saltare è forte.

Però è riuscito ad avere qualche informazione in più dagli zii, e questo rende il bilancio della serata tutto sommato positivo.

"Zia – aveva domandato cercando di sembrare solamente curioso mentre suo zio tagliava un polpettone con un coltello elettrico – Mario mi diceva oggi che la casa era stata data in affitto nel passato, ti ricordi qualche dettaglio? Chi erano quelle persone?".

La zia aveva corrugato la fronte per lo sforzo di ricordare, poi aveva annuito.

"I primi li avevamo conosciuti attraverso un mio collega: erano marito e moglie di Milano, erano appena andati in pensione e volevano trasferirsi in un posto più caldo. Erano rimasti tre, quattro mesi tra novembre e febbraio, poi avevano capito che qui non c'è mai nulla da fare e avevano disdetto. Delle persone molto a modo, avevano lasciato la casa in maniera impeccabile".

Lo zio gli aveva riempito il piatto con due fette di carne e le aveva coperte con una salsa scura.

"Gli altri, invece – aveva continuato la zia – mi avevano chiamato dopo aver letto un annuncio che avevo messo allo spaccio sulla statale. Erano più giovani, padre e madre sui quaranta con una bimba di otto, dieci anni".

Lo zio aveva servito la pietanza anche a lei.

"Avevano affittato solo per il periodo estivo ed erano arrivati ai primi di luglio. I primi giorni tutto bene, poi di punto in bianco mi avevano telefonato dicendo che avevano ricevuto una cattiva notizia e stavano andando via. Gli avevo detto che speravo che non fosse successo nulla di grave e che gli avrei tenuto comunque la casa per tutto il mese visto che avevano pagato, ma nonostante questo non li vidi più".

Aveva rovesciato una cucchiaiata di salsa nel piatto e aveva assaggiato un boccone di carne.

"L'hai fatta cuocere troppo, sembra cuoio!", si era lagnata con il marito dopo aver deglutito.

"Ad ogni modo, non mi erano piaciuti – aveva proseguito dopo aver bevuto un sorso di vino – erano andati via con troppa precipitazione, così ero andata subito a controllare che non avessero rubato o spaccato nulla. Non c'erano né danni né mancava niente, ma, a differenza di chi li aveva preceduti, avevano lasciato la

*casa come una merda, e scusa se lo dico in francese.
C'era roba nel frigo, panni stesi in giardino e piatti nel
lavandino, un comportamento indecente. E difatti avevo cambiato subito la serratura, perché non mi erano
piaciuti affatto".*

"Non li hai più sentiti?".

*"No, assolutamente. Ma meglio così, li avrei solo in-
sultati".*

*Ivano aveva masticato anche lui il suo polpettone,
provando la sensazione di avere un tappo di sughero tra
i denti.*

*"Però stavo pensando che nel laboratorio del nonno
c'è ancora l'armadio blindato con dentro i fucili – aveva
detto dopo aver deglutito a fatica – Non è stata un'impru-
denza affittare casa con le armi lì dentro? La seconda famiglia aveva anche una bambina se non ho capito male".*

La zia aveva scosso la testa.

*"Non ho controllato perché non ho la chiave che deve
essere nel tuo mazzo, ma dentro non ci sono armi: l'unica arma che aveva il nonno era la pistola con cui...che
ha usata per ultima, i fucili li aveva venduti negli anni
precedenti. Tanto a caccia non ci andava più".*

"E cosa c'è lì dentro?".

La zia aveva alzato le spalle.

"Credo sia vuoto".

*Ivano aveva terminato il polpettone spinto solo dal
senso del dovere, perché effettivamente era impossibile
da masticare.*

"In che giorno è morto il nonno?".

*La zia si era sporta dalla sedia e aveva preso da un
cassetto della credenza un ricordino funebre con il volto
dell'anziano.*

*Era un'immagine che lo ritraeva insolitamente sorri-
dente seduto sulla panchina davanti a casa.*

"Il ventidue luglio", aveva risposto la donna dopo averlo verificato sul retro della foto.

"Oggi è l'otto – aveva osservato lo zio – Magari per l'anniversario possiamo fare un salto al cimitero a spolverare la tomba".

"E poi dicono che qui non c'è mai niente da fare", aveva commentato sarcastico Mario.

Ivano accende il monitor e si collega con l'interno di Villa Anastasia.

La telecamera è passata automaticamente in modalità infrarossi e sta inquadrando la sala ottagonale, dove però non sta accadendo nulla.

Spalanca la finestra e si serve di una sigaretta.

Sopra la porta è affisso un cartello che invita gli ospiti a non fumare, ma non ci sono rilevatori di fumo.

Ne accende una e prudenzialmente spegne la luce per non essere individuato dall'esterno.

Dal frutteto proviene un piacevole profumo di pesche e uva, l'aria è umida e fresca.

Aspira dalla sigaretta.

La prima famiglia aveva vissuto serenamente nella casa del nonno e vi aveva alloggiato nei mesi invernali.

La seconda, invece, era letteralmente scappata via, ed era luglio, lo stesso momento dell'anno in cui si trova ora nonché lo stesso mese in cui suo nonno era passato a miglior vita.

Curiosa coincidenza, no?

"Riusciresti mica a rintracciarli? Mi riferisco alla seconda famiglia, quella che è scappata dopo qualche giorno", aveva chiesto sorseggiando il caffè, rigorosamente preparato con la moka.

La zia aveva versato il caffè anche a suo figlio, poi: "Devo avere ancora da qualche parte il contratto di af-

fitto, domani lo cerco e se lo trovo ti avviso, lì dovrebbe esserci scritto il numero di telefono. Perché?".

"Se venderemo la casa sarà meglio avere i dati degli ultimi che ci hanno vissuto, se mai venissero rilevati dei danni", aveva improvvisato.

"Giusto, buona idea", aveva commentato la zia.

Aspira dalla sigaretta e getta un'altra occhiata al monitor: l'immagine è sempre la stessa.

Cosa vorrebbe vedere su quello schermo?

L'opzione più tranquillizzante sarebbe non vedere nulla, ma in quel caso dovrebbe trovare una spiegazione per i fenomeni delle due notti precedenti.

Una messa in scena?

Da parte di chi, e perché?

Fosse in un film si scoprirebbe che il fantasma di suo nonno era stato un artificio organizzato dai potenziali acquirenti per spaventarlo e indurlo a vendere la casa ad un prezzo basso, però non ci sono telecamere in giro – a parte quella installata da lui – e nessuno dei due inglesi assomiglia all'uomo che la notte prima era seduto in poltrona.

Quell'uomo assomigliava solo a suo nonno.

E quindi?

Getta la sigaretta nel buio facendole descrivere un arco luminoso e si sdraia sul letto con il monitor in grembo.

Fissa la poltrona del salotto sullo schermo, immaginando cosa succederebbe se da un momento all'altro un uomo anziano con i baffi sottili ci si sedesse sopra.

Le sue convinzioni religiose, il suo approccio alla vita e la sua atavica paura di morire, tutto cambierebbe.

Probabilmente abbandonerebbe l'ateismo che lo accompagna fin dalla adolescenza e abbraccerebbe qualche credo.

Quella mattina, mentre sedeva in macchina aspettando che lo spaccio alimentare aprisse, aveva letto su internet che secondo l'induismo chi muore suicida o di morte violenta diventa un fantasma, destinato a vagare per il mondo terreno fino al momento in cui avrebbe dovuto morire di morte naturale.

Si mette su un fianco in una posizione più comoda.

L'umanità ha sempre avuto problemi con la morte.

Lo stesso concetto di zero, il nulla assoluto, venne introdotto diversi secoli dopo che la matematica aveva fatto la sua comparsa, perché l'uomo evidentemente riusciva a rapportarsi facilmente con un *qualcosa*, ma molto meno con il *nulla*.

La poltrona continua a rimanere vuota e sa che le probabilità che qualcuno la occupi sono obiettivamente poche.

Ma questa consapevolezza, obiettivamente la più logica, lo riporta al quesito di prima: allora cosa ha visto?

Sbadiglia.

Ha sentito il fiato di Hugo sulla mano, non è stato un sogno o un'allucinazione.

Il nonno non ha interagito con lui, ma ce l'aveva davanti, non è stata un'ombra fugace.

Un altro sbadiglio.

La sua intenzione iniziale era quella di osservare la webcam per tutta la notte in attesa di qualche manifestazione più o meno soprannaturale, ma tra il sonno arretrato e il fatto che lo spettacolo sia piuttosto statico sente le forze venirgli meno.

Imposta il sensore di movimento della telecamera, si toglie gli occhiali e chiude gli occhi.

Si addormenta pochi secondi dopo.

Si sveglia con la sensazione di essere veramente rigenerato.

Cerca a tastoni il telefonino sul comodino, ma anche

senza conoscere l'ora con precisione l'intensità del sole gli fa capire che deve essere mattina inoltrata.

Calza gli occhiali e vede che sono le dieci passate.

Si alza e si affaccia sul frutteto.

Nella notte deve aver piovuto, perché ci sono pozzanghere ovunque, sente il profumo dell'erba bagnata e l'aria è molto più fresca del solito.

Deve aver dormito più a lungo anche grazie a quello.

Per terra accanto al letto c'è il monitor, deve averlo urtato nel sonno.

Lo recupera e quando lo accende un pop-up lo avvisa che la telecamera si è accesa alle 4:21.

Qualcosa l'ha fatta reagire.

Il cuore accelera e un rivolo di sudore gli scende lungo una tempia, e non è per il caldo.

Manda in esecuzione il filmato e avvicina il monitor agli occhi per non perdersi alcun dettaglio, ma per i quattro minuti di durata non vede nulla tranne la stanza vuota.

Perché la telecamera si è accesa, allora?

Lo esegue nuovamente, ma anche la seconda volta non nota nulla di insolito.

Seleziona la modalità *live* per controllare la casa in tempo reale, ma un altro pop up contraddistinto da un punto esclamativo rosso lo informa che nessuna telecamera è disponibile.

Cosa è capitato?

Prova a riavviare il monitor, ma con il medesimo risultato; eppure la sera prima funzionava perfettamente.

Recupera dal portafoglio lo scontrino dell'acquisto e digita sul telefono il numero del negozio impresso in alto.

"Buongiorno, ieri ho comprato una telecamera di sorveglianza da voi, ho qualche problema a farla funzionare. Con chi posso parlare?".

"Un attimo che le passo l'addetto", risponde una donna con voce piatta.

Per un paio di minuti ascolta *Hotel California* come musica di attesa, poi: "Sono Guido, come posso aiutarla?".

Spiega nuovamente il problema.

"Lei è quello con gli occhiali tondi, giusto? Ha parlato con me ieri".

"Sì, probabilmente sì. Per prima cosa, questa notte la telecamera si è accesa, ma se riproduco il filmato in archivio non si vede nessun movimento, come mai?".

"Perché il sensore *prima* rileva il movimento *e poi* la telecamera si accende, in questo ordine – spiega Guido con il piglio di chi è padrone della materia – Se davanti al sensore passa un oggetto molto rapido, come un uccello o una palla da tennis, la telecamera non fa in tempo ad attivarsi che l'oggetto è già uscito dalla visuale".

"Ok. Però è rimasta accesa solo per quattro minuti".

"È normale: se non intercetta nessun altro movimento dopo quattro minuti torna in stand by, è l'impostazione di base. Però lei può settare questo parametro e modificarlo come preferisce".

"Ok, ho capito. Però ora non riesco a collegarmi con la telecamera, mi dice che non la rileva".

"L'antenna è posta all'esterno?".

"Sì, fuori dalla finestra".

Una breve pausa, poi riprende: "La mia è solo un'ipotesi, ma questa notte c'è stato un forte temporale. Se un fulmine ha colpito l'antenna temo che non ci sia nulla da fare". La voce sembra autenticamente dispiaciuta.

Ivano lo ringrazia e chiude la comunicazione.

Certo che la sfiga, quando vuole, colpisce con una precisione chirurgica!

E ora?

Comprarne un'altra è fuori discussione, non potrebbe

permetterselo. L'unica possibilità è andare a controllare e sperare che il guasto sia riparabile.

Si veste e scende al piano terra, dove l'accesso alla sala colazione è bloccato da un cartello che informa i gentili ospiti come sia possibile usufruirne solo fino alle dieci.

"Anche solo un caffè si può avere?", chiede ad una signora con un grembiule rosa che sta sparecchiando un tavolino.

Lei lo guarda senza smettere di lavorare e con la mano indica il cartello.

"Mi spiace", dice con il tono di chi invece non è dispiaciuto per nulla.

Certo che qui gli ospiti li trattano proprio con i guanti bianchi, strano non abbiano clientela.

Avrebbe trovato un bar lungo la strada.

Monta in auto e dopo pochi minuti riceve una telefonata da parte della zia.

"Ivano? Ho trovato il contratto con gli ultimi inquilini, puoi segnarti i dati?".

Accosta al bordo della statale e recupera il volantino di un take away messicano appoggiato sul sedile del passeggero.

"Dimmi", dice prelevando una penna a sfera dal vano porta oggetti.

La donna gli declama generalità e numero di telefono del signor Fabrizio Coletto, aggiungendo il timore che, dopo tutti questi anni, l'uomo abbia cambiato telefono.

Ivano la ringrazia e digita subito il numero sulla tastiera del telefonino.

Il telefono suona, segno che la linea è ancora attiva.

Deve attendere sei squilli, poi una voce profonda risponde con un *Pronto?*

"*Signor Coletto?*".

"Sono io. Con chi parlo?".

Nel breve tempo in cui il telefono ha suonato a vuoto Ivano ha avuto modo di inventare una scusa plausibile.

"Mi chiamo Mauro Rosati – dice prendendo in prestito le generalità del compagno di classe che lo aveva bullizzato alle medie – sono in trattativa per acquistare una casa chiamata Villa Anastasia e mi risulta che voi siete stati gli ultimi ad abitarci, volevo qualche informazione da lei. Sono stato bene informato? Se ne ricorda?".

"Me ne ricordo benissimo – risponde l'uomo – Cosa vuole sapere?".

Il tono della voce dell'uomo non è cordiale.

"Ecco, mi è stato detto che avevate pagato per un mese intero ma che avete usufruito della casa solo per pochi giorni. Mi sono domandato se non ci fosse qualche problema, qualche fattore che vi ha impedito di stare bene. Siccome io e la mia famiglia siamo in trattativa per comprarla...".

"No, per nulla. Semplicemente avevamo ricevuto una brutta notizia e siamo dovuti tornare in città".

Certo, cosa si aspettava che gli rivelasse? Anche nell'eventualità che pure loro avessero visto qualcosa di strano non sarebbe certo stato un racconto da rendere al telefono ad uno sconosciuto.

"Serve altro? Sono al lavoro e avrei un po' da fare", aggiunge Fabrizio Coletto.

Ivano si passa una mano tra i capelli.

Se vuole che quella telefonata abbia una qualche utilità deve esporsi, anche a rischio di rendersi ridicolo.

"Ecco – dice – io ho passato un paio di notti in quella casa".

Qualche secondo di silenzio, poi: "Ho capito. Perché me lo dice?".

"Perché io ho dormito poco, mi chiedo come aveste dormito voi".

Ancora una breve pausa.

"Vuole dirmi qualcosa?".

Ivano cerca di assumere il tono di chi sta rivelando una confidenza: "Guardi, lei ora riderà di me, ma ho avuto la sensazione di non essere solo. Non so se mi spiego".

L'uomo dall'altro capo del telefono sospira.

"Mia figlia aveva dieci anni – riprende con voce più bassa, come se non volesse farsi sentire da qualcuno vicino – Ora ne ha venticinque, ma ancora non riesce a dormire con la luce spenta".

"Cosa aveva visto?".

Un camion passa rombando accanto a lui facendo ondeggiare l'auto.

"Se me lo chiede lo sa anche lei".

"Me lo dica, la prego. È importante", lo incalza Ivano.

Passano alcuni secondi, poi: "Quel cazzo di vecchio. Il vecchio e il suo cane. E speravo proprio di non sentirne più parlare".

Entra in casa e un brivido gli corre lungo la spina dorsale, ma questa volta non è per la paura: ha dimenticato di disattivare l'aria condizionata e la temperatura è diversi gradi più bassa di quella esterna.

Sosta un istante sulla soglia e si guarda in giro con circospezione, ma non vede nulla che suoni stonato.

Entra nella sala ottagonale e indirizza lo sguardo verso la telecamera, e un secondo brivido lo attraversa, ma questa volta non per la temperatura.

La telecamera penzola senza vita, appesa solo ad un filo elettrico giallo.

Ma che cazzo, mormora tra sé mentre si avvicina per capire cosa sia successo.

È frantumata, come se qualcuno l'avesse presa a bastonate.

Prende una sedia, l'avvicina alla telecamera e vi monta sopra per esaminarla più da vicino.

La plastica è scheggiata e il vetro dell'obiettivo infranto, non è stato certamente un fulmine.

Scende dalla sedia, si volta per uscire e si paralizza.

Hugo è seduto al centro della sala e lo guarda scodinzolando.

Non di nuovo! Non di nuovo!

Ivano fa un passo verso di lui, il cane si alza e si avvicina.

L'uomo si accovaccia per vederlo da vicino.

Gli occhi del cane sono ambrati e profondi, sente l'odore dell'animale misto a quello del collare antipulci.

Non sta sognando, quel cane è reale.

È reale, ma allo stesso tempo non può esistere.

Il trillo di un telefono si propaga nell'aria.

Istintivamente porta la mano alla tasca, ma non è il suo telefonino a suonare, bensì quello fisso appeso alla parete dell'ingresso.

Sente dei passi, anche se dalla sua posizione non può vedere a chi appartengano.

"Pronto?".

La voce è quella di suo nonno e il suo cuore accelera subito.

"Hola Jugy, que tal?", dice.

Anche il cane volta il muso in quella direzione.

"Sì, yo tambien la recibi".

Una pausa.

"Es importante que sigamos en contacto, mantenme informado", dice in maniera più concitata.

Ivano sente il rumore della cornetta che viene agganciata, poi i passi del nonno si allontanano in direzione della scala.

Hugo scatta in quella direzione come se avesse sentito

un fischio, mentre Ivano si alza in piedi lentamente: le gambe si sono irrigidite e non è sicuro di volerlo seguire.

Si fa coraggio, attraversa l'ingresso ed imbocca le scale, mentre dal piano di sotto giunge il rumore dello scalpiccio frenetico di Hugo.

Scende gli ultimi scalini con trepidazione, domandandosi se non farebbe meglio a tornare su, uscire di casa e allontanarsi in auto.

Si affaccia nella sua stanza ma è talmente piccola che gli è sufficiente uno sguardo per constatare che è vuota, così si sposta sulla soglia del laboratorio.

Non c'è nessuno neppure lì.

"Hugo?", chiama.

Nessuna reazione.

Potrebbe chiamare il nonno, ma ha troppa paura.

"Hugo?", chiama di nuovo.

Non sente nessun movimento, segno che lì dentro non c'è ormai nessuno.

Sono spariti, tornati da dovunque siano provenuti.

Sale nuovamente nell'ingresso, solleva la cornetta del telefono fisso e la porta all'orecchio, verificando come non ci sia alcun segnale.

Poi qualcuno suona il campanello.

Capitolo 6

"Chi è?", domanda senza riuscire ad impedire alla sua voce di tradire una certa ansia.

"Signor Ivano, siamo Donald e Mark!", sente attraverso la porta.

Apre l'uscio, i due inglesi sono in piedi di fronte a lui.

"Signor Ivano, *I'm so sorry!* – inizia Donald, il rosso – Ho sbagliato a salvare il tuo numero di telefono, non riuscivo a chiamarti. Possiamo entrare un attimo?".

Ivano guarda oltre la spalla sinistra di Donald, dove l'albero di gelsi è carico di frutti.

"Possiamo entrare?", chiede nuovamente l'inglese, perplesso per non aver ricevuto risposta.

"Sì, certo", risponde l'italiano, come risvegliandosi dal torpore.

Li precede nella sala ottagonale.

"Devo aver sbagliato a digitare una cifra quando me l'hai dettato – spiega Donald – Ho telefonato inutilmente sei volte senza che nessuno rispondesse, solo quando mezz'ora fa ho parlato con un pensionato di Genova ho capito l'errore, e allora siamo venuti qui di corsa. Per fortuna ti abbiamo trovato in casa".

Sorride.

"Possiamo sederci?", chiede indicando il divano.

"Certo, accomodatevi".

I due inglesi prendono posto e si scambiano uno sguardo fugace.

"Allora – riprende Donald – la casa ci piace e abbiamo parlato con il nostro amico architetto".

"Bene", commenta Ivano.

È un'ottima notizia, ma la sua attenzione è rivolta a captare i rumori di casa.

Cosa succederebbe se un cane facesse improvvisamente irruzione nella sala, magari seguito dal suo padrone?

"Quindi vorremmo fare un'offerta", conclude.

"Ditemi".

Donald fa una smorfia come se dovesse dare una notizia sgradevole.

"Trecento sono troppi, te lo dico con sincerità: ci sono tante macchie di umidità, l'impianto elettrico non è a norma e i pavimenti sono orribili – dice – Per noi il prezzo corretto è duecentosessanta".

Ivano sorride dentro di sé: suo padre si era detto disposto a scendere fino a duecentocinquanta.

"Devo parlarne con mio padre – risponde comunque – è lui il proprietario, ma posso anticipargli che se dovesse andargli bene possiamo chiudere la vendita subito? Oppure dovete chiedere un mutuo o disinvestire dei soldi?".

Donald scuote la testa.

"Ho ricevuto un'eredità di una mia anziana cugina – spiega l'inglese – i soldi ci sono. Se vi va bene possiamo andare in atto subito, giusto il tempo di sbrigare le pratiche dal notaio".

Quella è la seconda buona notizia.

"Bene. Datemi due minuti, lo chiamo subito".

Ivano prende il telefonino e si sposta in cucina per poter parlare con il padre senza essere sentito; un minuto dopo è di ritorno.

"Signori, credo di poter dire che avete una nuova casa", annuncia con un sorriso.

"Ha accettato?", chiede Mark.

"Ha accettato", conferma Ivano annuendo.

I due inglesi si guardano e sorridono.

"Bene, siamo contenti. Tu hai qui tutti i documenti necessari?".

"Certo, vado subito a prenderli".

Scende di corsa in camera sua e torna su con una cartellina in mano.

"Qui ci sono la successione di mio nonno, la planimetria e i dati di mio padre", dice porgendola all'inglese palestrato.

Mark sfoglia i documenti, poi la richiude con un colpo secco.

"Bene, ci vediamo dal notaio per fissare l'atto? Non vogliamo mettere fretta, ma a noi va bene anche subito questo pomeriggio. Conosciamo bene il notaio Ansaldi che ha lo studio in piazza, vorremmo rivolgerci a lui, se non hai niente in contrario".

"Va benissimo".

Ivano si fa spiegare dove sia lo studio, si accordano sull'ora, si stringono la mano e Ivano li accompagna alla porta.

Il Range Rover si allontana passando accanto ad un gelso nuovamente spoglio.

Torna nella sala ottagonale e si lascia cadere sul divano.

Quella storia sta finalmente per finire, ma prima ha bisogno di avere ancora qualche risposta.

Prende il telefonino e chiama sua moglie.

"Gracia, *que tal* significa *come stai*, vero?".

"Vuoi sapere come sto o ti serve una traduzione?", gli risponde perplessa la donna.

"Entrambe le cose".

"Sto bene e sì, significa quello".

"*Jugy* vuol dire qualcosa?".

La donna rimane un attimo in silenzio, poi: "No, potrebbe essere un nome".

"E *yo tambien la recibi?*", domanda sperando di ricordare correttamente le parole del nonno.

"Significa *anche io l'ho ricevuta*. Perché mi chiedi queste cose?".

Con lo sguardo vaga per la stanza in cerca di qualcosa che gli possa venire in aiuto e si ferma sul giradischi.

"Mio nonno aveva dei dischi sud americani, sono frasi che ho sentito in un brano", inventa.

"Quale? Magari lo conosco, i miei ascoltano ancora molta musica latina".

"Non ricordo il titolo. E *nos sigamos en contacto?*".

"*Teniamoci in contatto*. Anche questa è una canzone?".

"Scusa, devo salutarti che c'è mio padre che mi chiama sull'altra linea", dice.

Non è vero, ma vuole interrompere la chiamata prima che lei lo metta in difficoltà.

Pensa al frammento di conversazione udito poco prima.

Ciao Jugy, come stai?

Sì, anche io l'ho ricevuta.

È importante che ci teniamo in contatto, tienimi informato.

Può significare qualunque cosa.

Deve per altro chiamare veramente suo padre per aggiornarlo.

"Tutto a posto? – gli domanda il genitore – Vi siete messi d'accordo?".

"Sì, papà: oggi andiamo dal notaio, firmiamo il compromesso e fissiamo l'atto. Se sei sempre dell'idea di non venire è importante che tu vada subito dal tuo notaio a prepararmi la procura, così appena è pronta potremo andare a rogito".

Questa volta non insiste affinché il genitore venga sul posto fisicamente, è meglio che non entri più in quella casa.

"Ci vado quanto prima, sta a trecento metri da qui. Per il resto, tutto bene lì?".

Certo, c'è anche tuo padre che gira per casa assieme al cane.

"Sì, ieri sera sono stato a cena dagli zii, sono stati carini con me. Però volevo chiederti una cosa: si è mai saputo per quale motivo il nonno si sparò?".

Sente il genitore sospirare dall'altro capo del telefono.

"Realmente no. Non aveva problemi di soldi, godeva di una buona salute e la sua vita era piuttosto regolare da diversi anni. Dopo il funerale però parlai con il suo medico, il quale mi disse di avergli diagnosticato una leggera depressione".

"Il nonno non te ne aveva parlato?".

"No, ma non mi stupii. Tuo nonno non era una persona che amava parlare di se stesso, e apparteneva ad una generazione che pensava che uno psicologo, per non parlare di uno psichiatra, fosse il medico dei matti. È probabile che avesse sottovalutato il problema e che avesse pensato che si sarebbe risolto da solo. Ma non ho comunque certezze che si sia tolto la vita per quel motivo, è solo una supposizione".

"Capito. Cambiando argomento, hai mai sentito parlare di un suo amico chiamato *Jugy*?", azzarda.

"Jugy? Non mi dice nulla, chi dovrebbe essere?".

"Potrebbe essere una conoscenza del Paraguay?".

"Non che io sappia. Da dove salta fuori questo nome?".

E ora cosa può dire?

"Ho trovato un appunto", inventa.

"No, non mi pare proprio – ribadisce – Però io non ho mai avuto conoscenza diretta con suoi amici in Sud America, perché siamo venuti in Italia che io avevo otto anni, li conosco solo dai racconti che mi facevano i miei. Però sono abbastanza sicuro di non avere mai sentito parlare di lui".

"Magari non era importante. Ci sentiamo più tardi".

Chiude la comunicazione e scende nel laboratorio.

Fa sorridere che suo padre rimproveri al nonno di essere stato un uomo di poche parole, come se lui fosse mai stato un chiacchierone.

Aveva lavorato tutta la vita all'azienda municipale dei trasporti come autista di autobus e aveva fatto del monito *"non parlare al conducente"* un principio di vita.

Se dovesse tratteggiare un'immagina di suo padre lo dipingerebbe sprofondato sul divano a guardare la televisione in silenzio, un silenzio interrotto solo da insofferenti risposte quando sua madre o lui stesso gli domandavano qualcosa.

Entra nel laboratorio del nonno.

Ora che la vendita della casa è diventata realtà è impellente aprire l'armadio blindato, anche se la sua attenzione continua a tornare su quanto appena successo.

Questo Jugy ha chiamato il nonno al telefono per chiedergli se avesse ricevuto qualcosa, ammettendo che la scena a cui ha appena assistito abbia qualche connessione con la realtà.

Deve essere per forza una conoscenza risalente alla sua vita in Sud America giacché gli ha parlato in spagnolo.

La aveva ricevuta?

Cosa?

Una lettera? Una telefonata?

Si porta davanti all'armadio blindato ed estrae il mazzo di chiavi.

Scarta quelle con cui aveva aperto la porta di ingresso,

quelle che non sono compatibili come forma e prova le tre rimaste.

Due entrano, ma nessuna di queste gira.

Riprova ancora, ma senza successo.

Dovrà chiamare qualcuno per forzarla, a meno che non riesca a trovare la chiave corretta da qualche parte in casa, ma in quel momento non ha voglia di iniziare nessuna ricerca, anzi, non vede l'ora di andarsene.

A casa sua, finalmente.

Infila la chiave nella serratura con molta cautela.

Sono le undici passate ed è possibile che sua moglie stia già dormendo.

Sguscia dentro in punta di piedi, ma dopo un istante sente la voce di Gracia.

"Ivano? Sei tu?".

Segue il suono della voce e la trova sdraiata sul divano.

Sul pavimento accanto a lei c'è un barattolo di gelato vuoto, il televisore trasmette una puntata di *Scrubs*.

Gracia è afroamericana, ha trentasei anni e usa portare i capelli agghindati in mille treccine alle quali ama cambiare periodicamente i colori.

Ora sono blu, in tono con la maglietta che indossa.

"Pensavo di trovarti addormentata", dice lui dopo averle dato un bacio sulle labbra.

"Stasera non riesco. Troppo caldo, e anche Francesca è agitata", disse passandosi una mano sul pancione.

Ivano va in cucina e si serve di una Corona dal frigo.

"Non mi avevi detto che saresti arrivato stasera", dice la donna con una po' di disappunto.

"Non ero sicuro di farcela – risponde prendendo un sorso di birra direttamente dal collo della bottiglia – avevo delle pratiche da sbrigare dal notaio e non sapevo quanto tempo ci avrei impiegato".

"Va bene, ma il viaggio dura quattro ore, avresti potuto chiamarmi mentre guidavi", obietta la donna.

Ha ragione, ma la spiegazione è che non ci ha pensato.

"Cosa è successo giù al paese?", gli chiede.

Dal tono della domanda è chiaro che non è posta solo per fare conversazione e richiede una risposta esauriente.

"Nulla", mente lui.

La donna sbuffa e si mette in posizione seduta.

"Ti conosco e so quando hai qualcosa per la testa, quindi sputa il rospo. O devo pensare che mi stai nascondendo qualcosa?".

La seconda domanda arriva affilata come un rasoio.

Ivano prende una sigaretta e la accende, spostandosi accanto alla finestra aperta.

"Cos'è questa novità? Ti sembra una buona idea iniziare a fumare mentre sono al settimo mese di gravidanza e abbiamo già un bambino piccolo?", lo rimprovera la moglie.

"Vuoi sapere cosa è successo?".

"Certo che voglio saperlo, ma spegni quella sigaretta!".

"Penserai che sono matto", le annuncia Ivano con un risolino, sempre con la sigaretta in mano.

"Già so che sei matto", scherza lei, ma l'espressione è preoccupata.

Il marito aspira dalla sigaretta e espira il fumo dalle narici.

"Ti ho mai parlato di Hugo, il cane di mio nonno?".

Venti minuti dopo Ivano getta dalla finestra il mozzicone della seconda sigaretta mentre Gracia si accarezza la pancia e fissa un punto imprecisato davanti a sé.

Non ha più protestato per la ritrovata vocazione al fumo del marito.

"*Fuck*", dice infine.

Punta il telecomando verso il televisore e lo spegne.

"Scusa ma devo chiedertelo: mentre eri lì hai assunto qualche sostanza, bevuto qualcosa che potrebbe aver alterato la tua lucidità?".

Ivano scuote la testa.

"Ma figurati, lo sai bene che certe cose non mi piacciono".

"Alcool?".

"Ho bevuto un paio di bicchieri di grappa, ma sicuramente non al punto di stordirmi. E anche avessi esagerato, al massimo mi sarei addormentato, non mi risulta che la grappa sia un allucinogeno".

"Qualche medicina?", insiste Gracia.

"No, nulla di nulla", ribadisce il marito scuotendo la testa con decisione.

"E tu sei sicuro di avere visto tuo nonno? Non è magari stata un'ombra, e la suggestione di essere in quella casa ha stimolato la tua fantasia?".

"Gracia, l'ho visto come ora sto vedendo te. E poi l'ho sentito parlare in spagnolo e tu mi hai aiutato a tradurre, come avrei potuto inventarmi una lingua che non parlo?".

"Prima di questo episodio non ti era mai capitato nulla di strano nella vita? Qualcosa di inspiegabile?", domanda ancora lei.

Ivano scuote la testa.

"No, assolutamente. A te?".

Lei lo guarda seria, poi annuisce.

"A te? Cosa ti è capitato?", chiede Ivano stupito.

Gracia cambia posizione e si mette più comoda.

"Al college ebbi una storia con un ragazzo, Peter, di due anni più vecchio di me – spiega – Ci frequentammo per cinque mesi, poi ci lasciammo e non ebbi più a che fare con lui. A distanza di qualche anno, quando ne avevo venti, lui ebbe un incidente stradale e morì.

"Non era ancora il tempo di Facebook e social, nessuno mi avvisò e lo venni a sapere solo qualche settimana dopo, anche in maniera piuttosto casuale".

Si passa una mano tra le treccine blu.

"Fu un brutta botta per me, sia perché era morto un ragazzo che avevo amato e sia perché mi sentivo in colpa per non essere andata al suo funerale, e così nei giorni successivi pensai a lui molto spesso".

Si torce le mani, il ricordo deve essere ancora doloroso.

"Una sera stavo guardando MTV, e ti ricorderai che, mentre passavano i video, nella parte inferiore dello schermo scorrevano gli SMS inviati dagli spettatori. Ebbene, ad un certo tra un video e l'altro lo schermo diventò nero per qualche istante e sotto passò un messaggio che diceva: *Non sono morto, sono lì accanto a te*. Mi mancò il fiato, non poteva essere una combinazione, non in quel preciso momento. Sono sicura che fosse lui".

"Non mi hai mai raccontato questa storia", si stupisce Ivano.

La moglie fa spallucce.

"Non ci pensavo da anni, mi è venuta in mente ora".

Ivano si siede accanto a Gracia e le prende la mano.

"Mi spiace per quello che hai passato e non voglio sminuire la tua esperienza, però lasciami dire che sono due episodi piuttosto diversi".

"Perché?".

"Quello che ti è capitato è un evento molto improbabile ma comunque possibile; io ho visto mio nonno morto, e questo è impossibile".

"Io sono convinta che fosse Peter – si difende la moglie – Da quel momento ci ho fatto attenzione: sai quante altre volte è capitato che tra un video e l'altro ci fosse del nero? Te lo dico io: mai! Come se fosse stato fatto apposta per permettermi di leggere il messaggio senza distrazioni".

"Magari ti eri addormentata e te lo sei immaginato".

"Certo, è quello che hanno detto tutti, e infatti da un certo momento in poi ho smesso di parlarne, proprio per non ricevere questo tipo di commento. Ero sveglia e ne sono certa".

Gracia cambia nuovamente posizione sul divano.

"Giusto per fare un'ipotesi, tuo nonno potrebbe essere ancora vivo?", chiede.

"No: era del ventidue, avrebbe quasi cento anni, e l'uomo che ho visto non era così vecchio, aveva lo stesso aspetto di quando era morto. Cioè, dell'ultima volta che l'ho visto vivo. E poi il cane? Avrebbe più di trent'anni, è biologicamente impossibile".

Gracia raccoglie le ginocchia al petto e le abbraccia.

"Cosa mi racconti di lui? Del nonno, intendo. Non mi hai mai detto molto, non ti piaceva?".

Ivano alza le spalle.

"No, non è per quello. Cioè, non era un simpaticone, ma semplicemente non si era mai presentato un momento in cui parlarne".

"Direi che non esiste nessun momento migliore di questo".

Ivano annuisce. Fa per prendere una nuova sigaretta, poi si astiene per rispetto della moglie.

"Ha fatto la guerra, la seconda intendo, combattendo contro i tedeschi che era ancora un ragazzino – comincia – Finito il conflitto si trasferì in Paraguay: la guerra aveva sterminato la sua famiglia e voleva tentare l'avventura in un Paese caldo e meno sofferente. Qualcuno malignò che avesse messo incinta una ragazza e che non volesse prendersi le sue responsabilità, ma non venne mai trovata nessuna conferma di questa voce.

"Dopo poco conobbe quella che sarebbe diventata mia nonna Matilde, una ragazza italiana che faceva parte della comunità di connazionali già radicata lì. Si sposarono dopo un paio di anni e dopo poco nacque mio padre. Probabilmente sarebbero rimasti lì più a lungo, ma quando mio padre aveva circa otto anni i genitori di mia nonna ebbero dei problemi di salute e vollero farsi curare in Italia, così tutta la famiglia tornò in patria".

Si alza per servirsi un'altra birra, la stappa e torna a sedersi accanto alla moglie.

"Mia nonna morì di tumore quando io avevo due anni, a quel punto mio nonno lasciò l'appartamento di città in cui vivevano e comprò Villa Anastasia, rendendo molto più difficile la frequentazione da parte nostra. Da ragazzino sono stato lì molte volte, ma non sono mai riuscito a legare con lui. Era una persona molto taciturna e scontrosa, apparteneva a quella generazione che riteneva che l'uomo non dovesse mai ridere".

"Pensi che ci sia stato qualcosa di non detto tra di voi?".

Ivano aggrotta le sopracciglia.

"Tutto e niente, Gracia. Come ti ho detto non parlava molto, però non ho mai avuto la sensazione che volesse un rapporto diverso. Perché?".

La donna fa spallucce.

"Non so, ma nelle storie di fantasmi talvolta questi si presentano quando hanno lasciato qualcosa di irrisolto".

"Dopo aver visto il nonno ho fatto qualche ricerca on line, per quello che possono valere", racconta Ivano.

"Molti sostengono che i fantasmi non siano altro che una specie di film che viene proiettato in continuo nei posti in cui c'è stato qualche evento particolarmente efferato. Loro non ti vedono e non interagiscono con te perché di fatto non sono lì, e talvolta sembrano attraversare le pareti semplicemente perché passano attraverso porte che non ci sono più".

"Potrebbe essere una spiegazione", commenta Gracia.

"Però questi fantasmi sono piuttosto solidi, perché hanno preso a mazzate la telecamera – riflette – Poi c'è un altro dettaglio: fuori di casa c'è un albero di gelsi, una volta produceva molti frutti ma ora non ne fa più. Ebbene, ogni volta in cui ho visto il nonno o il cane, quell'albero era coperto di frutti, come se stessi guardando una finestra affacciata sul passato".

"Questo è interessante", commenta la moglie.

Rimangono in silenzio per qualche momento.

"Secondo te dovrei parlarne con mio padre?", chiede Ivano.

Ci aveva pensato a lungo mentre guidava senza arrivare a nessuna conclusione.

"No, io non lo farei – risponde Gracia – Finché non capiamo cosa sta capitando io non gli direi niente: tuo padre è molto chiuso, non so come la prenderebbe".

Soffoca uno sbadiglio con il dorso della mano.

"Tesoro, io sono un po' stanca e vorrei andare a dormire, domani lavoro".

Invece io non faccio un cazzo, come è noto.

"Potrebbe far bene anche a te dormire un po'", aggiunge.

Ivano annuisce, chiude la finestra e si avviano verso la stanza da letto.

Quella notte, nonostante i pensieri cupi, dorme molto bene.

Capitolo 7

"Mirko, staccati da quella fontana!".

Ivano è seduto sulla panchina del parco e sta urlando per impedire a suo figlio di tornare a casa inzuppato d'acqua, ma il bambino non sembra neppure sentire le urla del padre e assieme ad altri tre coetanei continua a giocare con una fontanella.

Si alza sbuffando, mentre una parte di lui si domanda se non sia invece giusto consentire a suo figlio di giocare come meglio crede.

È estate, si sta divertendo, non morirebbe se la maglietta si bagnasse.

A risolvere salomonicamente quel dilemma giunge una telefonata proveniente da un numero fisso.

Non è un recapito salvato in rubrica, ma Ivano la prende ugualmente poiché proviene da un distretto che ben conosce.

"Signor Noto, sono Carmela dallo studio del notaio Ansaldi", si presenta la voce dall'altra parte.

"Sì, buongiorno".

"Senta, volevo parlare due minuti con lei. Ha tempo?".

Ivano sposta lo sguardo sul figlio: i capelli sul lato sinistro della testa grondano acqua e il bambino sta ridendo contento.

"Sì, mi dica".

Ormai non avrebbe senso farlo smettere di giocare.

"Stavo preparando l'atto di compravendita per la casa di suo padre e mi sono accorta che c'è un problema con la successione".

"Quale problema?".

Una breve pausa.

"Ecco, nella dichiarazione di successione che ci ha fornito è allegato un certificato di morte del signor Augusto Noto che riporta come data del decesso ventidue luglio 1995".

"Sì, è corretto", risponde Ivano benché tecnicamente non gli sia stata rivolta alcuna domanda.

"È prassi verificare che tutti i dati siano corretti e così ho controllato anche quello, ma all'anagrafe del comune di nascita risulta un dato diverso".

"Diverso? In che maniera?".

"Ecco, il signor Noto risulta deceduto il sei marzo 1945 a San Giustino".

Ivano impiega qualche secondo ad elaborare il dato.

"Millenovecentoquarantacinque? Non è possibile".

"Me ne rendo conto, però nei registri risulta quello".

A Ivano sfugge un risolino.

"Ho capito, però tenga conto, ad esempio, che mio padre, cioè il figlio di Augusto Noto, è nato nel 1952. Non sarebbe possibile se suo padre fosse morto nel 1945, concorda?".

"Non ho dubbi in merito – ribadisce la donna – però non possiamo andare avanti se questo dato non viene riportato correttamente in un documento ufficiale".

"E come posso fare?".

"Io fossi in lei proverei a fare una telefonata al Comune di San Giustino per capire cosa possa essere successo. Secondo me ci deve essere stato un caso di omonimia e hanno attribuito a suo nonno la data di morte di un altro".

"Certo, è possibile".

"Però le faccio presente che noi dobbiamo avere una certificazione corretta, per cui le consiglio di sentirli in fretta perché non so come sia la procedura in casi come questo e potrebbe essere lunga. Non mi è mai capitato, sono sincera".

Ivano la ringrazia e mette giù, mentre suo figlio si avvicina di corsa coperto di acqua e terra.

"Andiamo a casa Mirko, che sei ridotto come una fogna".

Lo prende per mano, attraversa il parco e si dirige verso il loro appartamento.

Ci mancava solo quella rottura di coglioni.

"Signora, è inutile che lei continui a dirmi che nei suoi archivi risulta il 1945, non saremmo qui a parlare se non fosse così. Ma mio nonno è morto nel 1995, ci sono documenti a riguardo che provano come successivamente alla data della sua presunta morte si sia sposato e abbia avuto un figlio".

Ivano passeggia nervosamente con il telefono all'orecchio, mentre nella stanza da bagno suo figlio sguazza nella vasca e parla con un pupazzo di plastica a forma di Nemo.

"Io non so come sia la procedura in questo caso – risponde la donna dall'altro capo del telefono – Lei ci faccia avere i documenti in suo possesso e li sottoporrò al mio superiore, ma non posso prometterle nulla".

Ivano sospira.

"Va bene. Posso mandarglieli via mail?".

Sente la donna che copre il telefono con la mano mentre presumibilmente si sta consultando con qualcuno.

"No, purtroppo mi servono gli originali", dice poco dopo.

Ivano scuote la testa come se l'altra fosse di fronte a lui.

"Siamo nel ventunesimo secolo, possibile che io debba venire fin lì per farle vedere tre pagine?", protesta.

Una pausa, poi: "Aspetti che le passo il mio capo".

Ivano sente qualche fruscio, poi la voce di un uomo che si qualifica come *il responsabile.*

Ivano ricomincia a esporre le sue ragioni.

"Ho sentito la conversazione – lo interrompe subito l'altro – Non c'entra nulla essere nel ventunesimo secolo: il disallineamento dei dati potrebbe essere conseguenza di documenti contraffatti, e se lei mi manda delle scansioni non ho modo di controllarne l'autenticità. Ma non è necessario che venga qui di persona, può anche fare una raccomandata o mandarli con un corriere".

Ivano valuta per qualche istante quella ipotesi, poi la scarta.

"No, preferisco portarli a mano, non voglio rischiare che vadano smarriti. Devo prendere un appuntamento con lei?".

"Può venire quando vuole, io sono qui tutti i giorni".

"Penso passerò già nella giornata di domani, di chi devo chiedere?".

"Se lo ricorderà facilmente, perché mi chiamo Noto come lei. Di nome però faccio Renato".

"Bene, signor Noto, ci vediamo domani allora".

Sbuffa e chiude la comunicazione, chiedendosi se mai potrà avere una giornata autenticamente festiva per potersi finalmente riposare.

Il Municipio di San Giustino è un edificio grigio realizzato in cemento armato con le tipiche forme squadrate degli anni Settanta, sorge al limitare di una piazza circolare al centro della quale si erge una fontana spenta.

Ivano posteggia la Fiesta davanti ad un bar e poco dopo varca la soglia del Comune con una busta A4 sotto al braccio.

Si rivolge ad un uomo seduto all'interno di un gabbiotto che sta infilando dei punti dentro una pinzatrice.

"Il signor Noto, per cortesia", chiede Ivano.

"In fondo al corridoio, poi la seconda porta a destra", gli spiega l'impiegato senza alzare lo sguardo.

Percorre il tragitto e raggiunge l'ufficio dell'anagrafe, la porta è aperta e si annuncia picchiando le nocche sullo stipite.

Ad una delle scrivanie è seduta una donna di mezza età con gli occhiali appoggiati sulla punta del naso, probabilmente quella con cui Ivano ha parlato al telefono, davanti a lei l'unico uomo presente solleva lo sguardo dal computer.

"Sono Ivano Noto – si presenta – Ci siamo sentiti al telefono ieri".

L'uomo mette da parte l'incartamento e lo invita ad entrare.

È una stanza piuttosto ampia al centro della quale sono ammassate quattro scrivanie coperte di faldoni e pile di fogli.

Renato Noto è un uomo sulla sessantina con i capelli radi, un importante giro vita e la barba.

I baffi sono marroncini sopra le labbra, come capita a chi fuma molto; indossa un camiciotto azzurro attraverso il quale si distingue una canottiera, del tutto superflua visto il caldo.

Non c'è aria condizionata, tuttavia la temperatura è meno torrida rispetto all'esterno grazie ad una strategica corrente d'aria tra la finestra e la porta.

I due Noto si stringono la mano e Ivano gli consegna il plico.

"Qui c'è quello che sono riuscito a trovare su mio nonno", spiega.

Aveva passato il pomeriggio precedente a casa del

padre spulciando in un cassetto in cui erano stati riposti alcuni documenti di suo nonno. Oltre a quanto già in suo possesso era riuscito a trovare il referto del medico legale, una fotocopia della patente di guida e il porto d'armi.

Renato Noto lo apre, sfoglia in silenzio il contenuto poi lo sporge alla collega.

"Silvana, fammene una copia per piacere – poi si rivolge ad Ivano – Le spiace attendere in corridoio qualche minuto, per piacere?".

Ivano esce dall'ufficio e prende posto su una sedia nel corridoio, estraendo il telefonino per spulciare le ultime mail.

Un'agenzia si offre di cancellare i debiti non pagati e un sito di scommesse online gli offre un entry bonus in vista del prossimo campionato di calcio.

Le cancella entrambe.

Si augura che la sistemazione di quella pratica preveda una procedura rapida, non ha voglia di altri tempi morti.

Gli scappa un sorriso quando realizza come qualche giorno prima avesse ipotizzato che suo nonno fosse ancora vivo, e ora ha appena scoperto che sembra essere morto due volte.

Prende il pacchetto di sigarette dalla tasca dei pantaloni, e proprio mentre sta per allontanarsi Renato Noto si affaccia dalla porta del suo ufficio.

"Abbiamo finito, non scappi via".

Gli restituisce la cartellina con i documenti del nonno, poi gli dice: "Venga con me, le voglio mostrare una cosa".

Ivano non ha idea di cosa abbia in mente il funzionario comunale, ma lo segue senza domandare.

"Mi fa piacere che lei sia passato di persona anziché spedirmi le carte, così abbiamo modo di fare due chiacchiere – dice l'uomo uscendo in strada – È stato un problema? Ha dovuto prendere ferie?".

"No, sono un insegnante, in questo periodo non lavoro", risponde Ivano.

"Ah, che fortuna avete voi insegnanti! Vi ho sempre invidiati per questo".

Tu invece ti ammazzi di fatica immagino

Passano accanto al bar di fronte al quale è posteggiata l'auto di Ivano.

Lì davanti, ad un tavolino, sono seduti due anziani intenti a giocare a carte; uno di loro, con un vistoso naso aquilino, saluta l'accompagnatore di Ivano chiamandolo per nome.

Renato Noto risponde al saluto e apre la portiera di una Panda bianca sulla cui fiancata è impresso lo stemma araldico del Comune di San Giustino.

"Salga, facciamo prima".

L'abitacolo sembra un forno e Ivano sente la camicia appiccicarsi immediatamente alla schiena.

Abbassa il finestrino mentre Renato Noto mette in moto e imbocca un vicolo in salita. Dopo un paio di minuti accosta l'auto accanto ad un alto edificio in pietra, sulla cui parete è inchiavardata una targa in marmo bianco.

"Il Comune di San Giustino
in memoria dei suoi figli
Salvatore Aliberti
Tommaso Antino
Augusto Noto
Felice Roddò
Bernardo Soave
Giovanni Surace
e
Benedetto Tebaldi
trucidati dalla furia nazifascista
mentre combattevano per la libertà"

"Augusto Noto?", legge Ivano.

"L'Augusto Noto menzionato su questa targa – spiega l'uomo alla guida – era mio zio, il fratello di mio padre. Cosa mi dice, invece, del *suo* Augusto Noto?".

La Panda riprende la marcia mentre Ivano comincia a raccontare anche a lui la storia di suo nonno, così come aveva fatto con sua moglie due sere prima.

Quando termina il racconto stanno percorrendo un viale alberato e successivamente svoltano in una strada in discesa.

Cosa implica l'iscrizione che ha appena visto?

Augusto Noto era morto per la libertà, ucciso dai nazifascisti. Ma allo stesso tempo Augusto Noto non era morto, non in quelle circostanze e in quel momento.

Almeno, non quello che aveva conosciuto lui.

"Siamo arrivati", annuncia Renato.

Spegne l'auto e tira il freno a mano, poi scende senza alzare i finestrini e si accende subito una sigaretta senza filtro.

Ivano vorrebbe anche lui fumare, ma non gli viene offerta e ritiene che sarebbe poco educato chiederla.

Sono davanti ad un vecchio cimitero di campagna, circondato da un'alta inferriata e chiuso da un cancello in ferro battuto.

Alcuni grilli friniscono rumorosamente, ma quando Renato Noto spinge il cancello si zittiscono.

Entrano senza parlare.

Il sole è alto e l'atmosfera è tutt'altro che sinistra, due aloni di sudore si sono formati sotto le ascelle di Renato Noto.

Un gatto grigio accucciato su una lapide solleva la testa per accertarsi che non abbiano intenzione di infastidirlo, poi torna a dormire.

Renato Noto guida Ivano tra le tombe e si ferma davanti ad una lapide in marmo bianco: con caratteri corsivi dorati sono incisi il nome di Augusto Noto, la data di nascita – la stessa di suo nonno – e quella di morte.

Una foto in bianco e nero è incastonata all'interno di una cornice ovale, un vaso con dei fiori secchi è appoggiato alla sua destra.

"Ecco mio zio – dice Renato dopo aver schiacciato la sigaretta con la punta del piede ed essersela messa in tasca – Cosa ne pensa?".

Cosa deve pensare?

"Guardi la foto – spiega – Ravvisa qualche somiglianza con suo nonno?".

Ivano si accovaccia e si sporge in avanti per vederla meglio.

È la foto di un ragazzo con una considerevole massa di capelli scuri e un sorriso molto dolce, realizzata con i mezzi di ottant'anni prima e nel tempo rovinata dalle intemperie.

Aveva mai visto suo nonno sorridere?

Ivano si risolleva grattandosi il mento.

"Non saprei, oltre tutto io non sono bravo a cogliere le somiglianze. Erano entrambi bruni, tutti e due con gli occhi scuri, ma quando ho conosciuto mio nonno aveva già sessant'anni. Anche fossero la stessa persona avrebbero quarant'anni di differenza, non sono pochi".

"Posso rivedere le foto sui documenti?", chiede Renato indicando la cartellina che Ivano ancora ha con sé.

Sfogliano le pagine fino a trovare le copie della patente, dell'ultima carta d'identità e del porto d'armi.

Le confrontano con l'immagine sulla lapide, ma la definizione è troppo scarsa per poter trarre delle conclusioni.

"Lei non ha una sua immagine vecchia?".

Ivano dapprima scuote la testa, poi si ricorda di aver immortalato i ritratti appesi alla parete della cucina.

Estrae il telefonino, seleziona le foto e le mostra a Renato, il quale si concentra soprattutto su quella del matrimonio.

Appoggia il telefono sulla lapide accanto alla foto e le confronta spostando lo sguardo da una all'altra.

"Ammesso che si tratti della stessa persona – dice indicando prima il telefono e poi la tomba – tra queste due immagini in teoria passano solo una decina di anni. Quando si è sposato portava i baffi e il cappello, non è facile distinguere i tratti somatici".

Restituisce il telefono a Ivano.

"Purtroppo io non ho mai conosciuto mio zio, sarebbe stato più facile. Questa è l'unica immagine che ho di lui", spiega indicando ancora la foto sulla lapide.

Volta le spalle alla tomba e si incammina verso l'uscita.

Tiene lo sguardo basso e le mani raccolte dietro alla schiena.

"Cosa sa di quella vicenda? Come sono morti Augusto Noto e quegli altri ragazzi?", domanda Ivano.

"Mio padre aveva sei anni in meno di suo fratello, il che significa che all'epoca dei fatti era solo un ragazzino. Lo zio Augusto si era rintanato sui monti con i suoi compagni d'armi e non aveva dato notizie di sé per settimane. In quei giorni morire ammazzati era una sorte tutt'altro che infrequente, da queste parti scorrazzavano quelli della ventinovesima divisione delle Waffen SS".

Renato si ferma accanto ad un'altra lapide.

"Questo è Salvatore Aliberti, ucciso anche lui quel giorno".

La foto raffigura un giovanotto con i capelli pettinati all'indietro e intrisi di brillantina, con un naso prominente e le labbra carnose.

Ti ameremo per sempre, recita l'epigrafe sotto al nome, la data di morte è la medesima della lapide precedente.

Escono dal cimitero e Renato accosta il cancello dietro le loro spalle.

"Lo trovarono, assieme ai suoi compagni in un vecchio cascinale circa tre chilometri più su – prosegue indicando verso la montagna – Mio padre mi raccontava che sentì il mondo crollargli addosso, suo fratello era il suo eroe e a lungo non accettò che fosse morto".

Salgono nuovamente sull'auto, meno incandescente di prima.

"Mio nonno però diceva di essere venuto via dall'Italia perché non aveva più nessuno, la guerra aveva sterminato tutta la famiglia", obietta Ivano.

"Erano anni violenti – commenta Renato inserendo la prima marcia – In tanti persero i loro cari, e forse alcuni ne approfittarono per voltare pagina e ricominciare da capo. Bastava fare una valigia, prendere una nave e dopo un paio di settimane il tuo mondo non esisteva più, nel bene e nel male".

"Suo papà c'è ancora?".

"No, purtroppo se ne è andato sei anni fa. Sarei stato molto curioso di conoscere la sua opinione su questa vicenda e sicuramente avrebbe potuto aiutarci. Sono passati tanti anni e sono poche le persone presenti all'epoca dei fatti ed ancora vive ora. Il tizio che ho salutato prima al bar, quello con il nasone, è Antonio Aliberti, figlio di Salvatore ucciso con mio zio, ma purtroppo quando morì il padre non era neppure nato e non si può ricordare nulla".

Rimangono in silenzio per diversi minuti, ognuno facendo le sue riflessioni.

"Lei che idea si è fatto?", domanda infine Ivano.

L'altro risponde solo dopo alcuni secondi.

"È da ieri che ci penso. Quando ho sentito la telefonata con la mia collega non ho potuto fare a meno di far volare i miei pensieri, li ho tenuti a bada a fatica aspettando di vedere i documenti che ci avrebbe portato. Mi piacerebbe venire a sapere che mio zio è sopravvissuto alla guerra e che si è rifatto una vita altrove, sarebbe una storia bella e molto consolatoria. Anche se paradossalmente per la mia famiglia potrebbe essere quasi traumatico sposare questa nuova versione dei fatti dopo aver passato decenni a tramandarsi la storia dello zio morto in guerra.

"Ma – e qui veniamo al problema che deve risolvere lei – non sarebbe corretto far sì che questa suggestione, pur affascinante, ci condizioni e dobbiamo invece porre in atto con attenzione tutte le verifiche del caso".

Parla come una circolare ministeriale.

"Potrebbe trattarsi invece di un caso di omonimia?", ipotizza Ivano.

"Due persone nate lo stesso giorno, lo stesso anno e con lo stesso nome in un posto come questo, che nel 1922 contava meno di mille anime?", obietta Renato alzando un sopracciglio.

"Difficile, eh".

"Parecchio. E poi lo sapremmo dai documenti".

Posteggiano l'auto nella piazza del Comune, proprio dietro a quella di Ivano.

"Temo di avere da lavorare adesso", dice Renato chiudendo l'auto e indicando l'edificio grigio.

"Quali sono le prossime mosse? Come rimaniamo d'accordo?", chiede Ivano.

"Non mi è mai capitata un caso del genere – ammette Renato infilandosi le mani in tasca – Manderò una mail a qualche collega e cercherò di capire quale sia la procedura corretta in questi casi, poi le farò sapere".

Porge la mano a Ivano.

"Visto che potenzialmente potremmo essere cugini possiamo anche darci del tu", suggerisce.

Ivano annuisce.

"Va bene, allora. Spero di avere presto notizie tue".

Si stringono la mano e si augurano buona giornata.

Capitolo 8

La telefonata di Renato arriva mentre Ivano si trova al supermercato davanti al reparto degli yogurt, cercando di richiamare alla memoria quale sia la marca e il gusto preferito dalla moglie.

"Buongiorno Ivano, sono Renato. Renato Noto".

"Ciao Renato".

Dovrebbe chiedergli come sta, visto che si erano lasciati professandosi cugini?

"Ti ho chiamato per comunicarti di aver ricevuto il responso in merito all'analisi dei tuoi documenti – attacca Renato senza alcun convenevole – Si sono rivelati autentici".

"Bene – risponde Ivano – Anche se da parte mia non avevo dubbi".

"Ho provato allora a tentare una ricostruzione di come sia possibile che tuo nonno abbia due date di morte differenti".

Ananas? Frutti di bosco? O forse meglio neutro?

"Cosa hai pensato?".

"Quando tuo nonno – o mio zio, a questo punto – arrivò in Paraguay consegnò come di prassi i suoi documenti all'ambasciata italiana di Asuncion, dove registrarono la sua nuova residenza ed emisero un passaporto. Ai tempi nostri tutto questo avviene on line e in sincrono con gli uffici italiani, ma settanta anni fa la pratica veniva compilata a mano in ambasciata e spedita per posta in Italia. Immagina come poteva essere la situazione di quei mesi, con migliaia di nostri connazionali intenti ad emigrare in ogni parte del mondo e altrettanti documenti che viaggiavano tra i continenti, il tutto per mezzo del servizio postale dell'epoca che utilizzava le navi".

Ivano prende una confezione al kiwi e una ai cereali, sperando siano quelle giuste, e le ripone nel carrellino.

"E quindi cosa successe secondo te?".

"Presumo che il modulo non sia mai arrivato, o che sia arrivato e nessuno gli abbia dato la giusta attenzione, e così nessuno si accorse che il consolato italiano di Asuncion aveva emesso un documento ad un tizio dichiarato morto qualche mese prima".

"Immagino che appena dopo la guerra, con tutto il Paese da ricostruire, il grosso delle forze non fosse adibito ai servizi di segreteria", osserva Ivano.

"Questo è poco ma sicuro. Poi Augusto Noto tornò in Italia negli anni Cinquanta, quando l'informatica era solo un sogno e lui aveva comunque in mano un documento valido, e così il comune dove prese residenza non fece altro che registrare il suo arrivo basandosi sui dati contenuti sul passaporto. Da quel momento in poi nessuno avrebbe più potuto rilevare alcuna anomalia: lui era regolarmente iscritto all'Agenzia delle Entrate e così non ebbe difficoltà a prendere la patente, il porto d'armi e essere curato dal sistema sanitario nazionale".

"Ok, credo di aver capito. Però risolvere questo problema ne fa subito dopo sorgere un altro, sono sicuro che ci hai già pensato anche tu".

Dall'altra parte c'è una pausa di diversi secondi.

"Indubbiamente – risponde infine Renato – perché nella tomba che abbiamo visitato assieme l'altro giorno qualcuno è effettivamente sepolto, e a questo punto diventa urgente scoprire chi sia".

Ivano indugia davanti al reparto birre. Gli piace frequentare quel supermercato poiché ha una buona fornitura di birre artigianali, peccato siano tutte molto care.

"Mio padre non c'è più – prosegue Renato – ma in paese ci sono ancora un paio di anziani che si ricordano i fatti, sono andato a parlare con loro per capire cosa ricordassero di quei giorni. Per quanto poco possa essere attendibile la memoria di due ultra novantenni, mio zio venne trovato parecchio tempo dopo la morte, il cadavere non era in buono stato e l'identificazione avvenne principalmente attraverso i vestiti".

"Credo di aver capito a cosa stai pensando", dice Ivano riponendo nel carrello una belga ambrata.

"Sto pensando che forse mio zio poteva avere dei motivi per lasciare il Paese senza farlo sapere ad altri. Magari aveva ucciso qualcuno – anzi sicuramente, di quei tempi credo fosse inevitabile – forse era provato da tutto questo e voleva mettere un oceano tra sé e gli orrori della guerra. Ma aveva una famiglia che non glielo avrebbe permesso, dopotutto era molto giovane, e così mette in scena la sua morte. In quei giorni penso che i cadaveri non mancassero, così prende uno che vagamente gli somiglia, lo veste come lui, poi prende un traghetto e se ne va".

"La famiglia di mio padre sospettava che fosse responsabile di una gravidanza indesiderata", rivela Ivano.

"Ecco, anche una cosa del genere in quegli anni poteva essere considerato un motivo più che valido per cambiare continente", concorda Renato.

Ivano posa il cestello sulla plancia della cassa automatica e passa la tessera fedeltà sul lettore, che reagisce con un bip.

"Magari lo scambio di identità non fu neppure intenzionale – suggerisce, seguendo il flusso di quelle ipotesi – Lui potrebbe essersi semplicemente imbarcato senza dire niente a nessuno, dopodiché viene ritrovato il cadavere di uno sconosciuto e viene scambiato per lui solo perché in quel momento risulta disperso. Soprattutto se accanto al corpo c'erano i suoi compagni d'armi".

Passa il lettore di codice a barre sull'etichetta della birra, realizzando in quel momento di aver dimenticato di prendere il latte.

"Certo, anche questo è possibile – sta dicendo Renato – E infatti va risolto al più presto".

"Come?", chiede guardando verso lo scaffale dei latticini.

Una piccola coda si è già formata alle sue spalle e non è pensabile tornare indietro.

"Faremo l'esame del DNA alla salma sepolta al cimitero", annuncia Renato.

"Veramente?", chiede Ivano sorpreso.

"Certo. I documenti che mi hai portato dimostrano che un Augusto Noto morì nel 1995, ma per asserire con certezza che fosse il fratello di mio padre dobbiamo confutare l'atto di morte, e la maniera migliore è dare un'identità a quel corpo. In aggiunta sono personalmente ansioso di togliermi il dubbio".

Ivano appoggia la carta di credito al lettore, ricevendo in risposta un cinguettio digitale.

"Come è la procedura per l'esame?", chiede incastrando il telefono tra spalla e orecchio e lasciando il supermercato con due buste piene di articoli, ma senza latte.

Si avvia a piedi verso casa sua, sita ad un paio di isolati di distanza.

"Ho presentato la richiesta al sindaco, il quale deve chiedere consenso ai parenti, cioè a me. Faranno il prelievo del DNA dai resti contenuti nella tomba e lo confronteremo con il mio, a quel punto avremo delle conferme. O delle smentite, chi può dirlo?".

"Hai indicazioni sulle tempistiche?".

"Credo circa una settimana per l'esumazione e una decina di giorni per i risultati. Perché?"

Ivano entra nell'androne del suo condominio.

"Non ricordo se te l'ho detto, ma tutta questa storia è nata perché sto cercando di vendere la casa una volta appartenuta a mio nonno e ora passata a mio padre in seguito alla successione. È lì che il notaio si è accorto dell'anomalia".

"Capito. Quindi in questo momento ci sono degli acquirenti in attesa".

"Esatto, e non so quanto rimarranno appesi, visto che io sono stato il primo a insistere affinché la transazione venga chiusa in fretta".

Renato rimane in silenzio per qualche secondo.

"Non so come aiutarti, fossi in te chiederei all'acquirente cortesemente di aspettare perché ci sono degli intoppi burocratici, senza addentrarmi nel cuore della questione. Per avere la prova del nove, secondo te sarebbe possibile effettuare lo stesso esame su tuo nonno? Sui suoi resti, intendo".

"Temo di no, è stato cremato".

"No, allora non penso proprio sia possibile. Peccato, sarebbe stato interessante fare una doppia verifica".

Ivano entra nell'ascensore.

"Renato, devo lasciarti che sto rientrando a casa. Tienimi aggiornato, mi raccomando".

Entra nell'appartamento e entra in salotto.

Sua madre, inginocchiata sul tappeto, sta giocando assieme a Mirko con dei mattoncini in plastica, anche se sembra che il gioco coinvolga più lei del bambino; suo padre è sul divano a guardare il ciclismo in televisione.

Il bimbo quando lo vede si alza in piedi e corre verso di lui, con quell'entusiasmo genuino che hanno i bambini di quella età e che non sarebbe durato ancora molto.

Ivano posa a terra le borse della spesa e prende Mirko in braccio, che reagisce con una risatina felice.

"Ci hai messo parecchio, volevo andare a casa che c'è Berrettini che gioca", lo rimprovera suo padre senza smettere di seguire la televisione.

"E chi sarebbe?".

"Il numero uno del tennis italiano, gioca a Wimbledon".

Il padre di Ivano per tutta la vita non ha praticato un solo minuto di sport, ma da quando è andato in pensione ha scoperto di amare il tennis televisivo, e da quel momento non programma nessun impegno senza prima verificare che non si sovrapponga a qualche incontro di cartello. O anche meno di cartello.

Ivano non ha ancora deciso se deve essere rallegrato della capacità del padre di coltivare una nuova passione o essere infastidito dalla maniacalità con cui la sta approcciando.

"C'era parecchia gente al supermercato, e comunque la partita la puoi vedere anche qui", si giustifica.

Non ha ancora affrontato il problema del nonno con loro, confidava di poterlo risolvere tenendoli all'oscuro della vicenda, ma visti i recenti sviluppi è ormai necessario renderli partecipi.

"Devo parlarvi", annuncia quindi posando Mirko.

Il padre distoglie lo sguardo dalla corsa ciclistica, la madre incastra due mattoncini tra loro e poi rivolge l'attenzione al figlio.

"Il bambino può stare a sentire?", chiede preoccupata, probabilmente temendo che il figlio stia per annunciare la separazione dalla moglie.

"Papà, tu mi hai sempre detto che il nonno era emi-

grato perché aveva perso la famiglia in guerra, giusto?",
chiede Ivano ignorando la madre.

"Certo", risponde mantenendo comunque un occhio
sulla corsa.

"Quindi tu non hai mai conosciuto nessun parente da
parte sua".

"No, perché?", chiede con una punta di insofferenza.

"Ecco, forse ho appena finito di parlare al telefono con
tuo cugino".

Suo padre si volta finalmente verso di lui.

"Cosa stai dicendo? E chi sarebbe?".

"Ora vi spiego, ma prima spegni la televisione".

Capitolo 9

Ivano paga il casello autostradale con il bancomat, attende che la sbarra si alzi e innesta la prima.

Il giorno prima aveva ricevuto una telefonata gentile ma perentoria da Donald: se l'atto non fosse stato fissato entro una settimana loro avrebbero ritirato l'offerta.

"Io so che tu stai facendo del tuo meglio e non dipende da te – aveva aggiunto l'inglese dopo avergli dato l'ultimatum – ma abbiamo anche altre opzioni che rischiano di saltare se aspettiamo troppo".

Ivano aveva subito chiamato Renato e gli aveva illustrato la situazione.

"Posso cercare di accelerare i tempi del sindaco – aveva promesso il suo nuovo cugino – ma dubito riuscirò a condizionare quelli dell'esame del DNA, saranno affidati ad un laboratorio esterno".

"Neppure pagando?", aveva suggerito Ivano.

"È già a pagamento".

"Pagando di più? – aveva rincarato – Non c'è una procedura di urgenza?".

"Ritengo di sì, ma immagino sia riservata alle indagini della magistratura. Posso darti un suggerimento, piuttosto?".

"Certo".

"Come ti dicevo la scorsa volta, dobbiamo cercare la maniera di sovrapporre il tuo Augusto Noto con il mio, se possiamo chiamarlo così. Io fossi al tuo posto andrei a casa di tuo nonno e frugherei ovunque cercando qualcosa che lo colleghi all'Augusto Noto che conosciamo qui. Una lettera ad un amico, delle foto, cose del genere. Se la trovi dovremo ugualmente attendere il DNA, ma da parte tua avrai la tranquillità di non temere sorprese".

Ivano si era spazientito.

"Però, Renato, non capisco che cosa si debba dimostrare: mio nonno si è presentato al consolato italiano in Paraguay, è stato identificato e abbiamo mille documenti che ne attestano l'esistenza in vita in momenti successivi, perché dovrei trovare ancora qualcosa?".

"Perché anche il suo cadavere è stato identificato qui, per di più da suo fratello. È evidente che uno tra il funzionario del consolato e mio padre si è sbagliato, e difatti l'unica maniera per dirimere questa incertezza è l'esame del DNA. Ma tieni presente che potrebbe non essere sufficiente".

"Come no? E cosa vogliono di più?", aveva domandato esasperato.

"È una situazione spinosa e purtroppo anche la giurisprudenza contempla pochi casi, almeno così mi hanno riferito. L'esame del DNA potrà stabilire solo se nella bara si trovi il suo legittimo occupante o no, ma in caso negativo sarà ancora tutto da dimostrare che tuo nonno sia stato il vero Augusto Noto".

"Scusa, non ti seguo".

"Poniamo che l'esame appuri che nella tomba non ci sia Augusto Noto – aveva spiegato Renato con tono un po' saccente – Questo non porterà necessariamente tuo nonno ad essere il vero Augusto, perché potrebbe comunque essere un impostore che si è appropriato della sua identità, ed è per questo che ti sto dicendo di cercare qualcosa. Noi dobbiamo raccogliere tutto il materiale possibile in modo da rendere più agevole il compito del giudice che dovrà pronunciarsi in merito".

"Però dubito di riuscire a trovare delle lettere, lui aveva sempre detto di non avere più legami con il suo paese di origine. A chi avrebbe dovuto scrivere?"

"Certo, quella era la versione ufficiale, e un uomo che ha deciso di sparire senza avvisare nessuno non avrebbe potuto dire nulla di diverso. Ma non mi stupirei se avesse mantenuto i contatti con qualcuno, anche solo per avere notizie dei genitori e di suo fratello. Qualcuno abbastanza fidato da non rivelare il suo segreto e allo stesso tempo da tenerlo aggiornato in caso di necessità. In quegli anni le comunicazioni sulla lunga distanza avvenivano principalmente via lettera o telegramma, potrebbe averle conservate".

Aveva senso.

"Considera che può essere qualunque cosa – aveva proseguito Renato – un diario, un appunto, un'annotazione sul retro di una foto. Noi ormai siamo abituati ad avere la nostra vita sui computer e smartphone, ma in quegli anni se volevi conservare un ricordo non poteva che essere attraverso un oggetto fisico e durevole. Non è così impossibile".

"Speriamo", aveva commentato Ivano, anche se il tono della voce aveva tradito la sua scarsa fiducia.

"Nel caso tu trovassi qualcosa del genere fammelo avere subito e lo inoltrerò a chi di dovere anche se non avessi ancora ricevuto l'esito dell'esame, sicuramente non farebbe male".

"Ti ringrazio, a questo punto faccio che partire domani".

"Certo, per fortuna sei in ferie".

Certo, ça va sans dire.

Era partito a metà mattina e aveva viaggiato senza forzare, approfittando delle ore alla guida in solitudine per permettere ai suoi pensieri di fluire liberamente.

Non aveva neppure acceso la radio per evitare distrazioni.

Augusto Noto era nato nel 1922 a San Giustino, quello è un punto fermo.

Era cresciuto, si era sbucciato le ginocchia, aveva frequentato le scuole elementari e quelle professionali, poi il sei marzo millenovecentoquarantacinque qualcuno era morto, e tutti avevano pensato fosse lui.

Quella è la biforcazione della vita di suo nonno, una sorta di corridoio temporale che Ivano deve riuscire a percorrere a ritroso per riuscire a dimostrare che era ancora in vita successivamente.

Cosa potrebbe trovare?

L'ideale sarebbe una lettera in cui lui – o il suo ipotetico amico – menzioni qualcosa del suo passato, così come aveva ipotizzato Renato.

Una frase tipo *mi mancano molto i miei genitori ma purtroppo la mia vita ora è qui,* oppure un vecchio documento appartenuto senza ombra di dubbio al vecchio Augusto Noto, come una pagella di scuola o un certificato di vaccinazione.

Imbocca la strada sterrata e la percorre fino alla casa.

Passa accanto al gelso, fortunatamente spoglio.

Il nonno aveva probabilmente fatto il militare, avrà avuto la cartolina con cui era stato chiamato alle armi e il foglio di congedo.

Dopo quelle riflessioni la possibilità di trovare qualcosa sembra meno improbabile.

Arresta l'auto, recupera il bagaglio e apre la porta di casa.

Prudenzialmente si ferma sull'uscio e allunga lo sguardo per accertare di essere solo, ma non nota niente di sinistro ed entra.

La casa è come l'aveva lasciata, nulla sembra differente, inclusa la telecamera ancora a penzoloni.

Fa caldissimo, così scende al piano di sotto, butta il bagaglio sul letto e accende il condizionatore.

Da dove iniziare?

Il nonno era una persona metodica e schematica, di conseguenza lettere e documenti – ammesso che ci siano ancora – saranno certamente riposti ordinatamente in qualche punto della casa, e solo in uno.

Gli basta una rapida perlustrazione del laboratorio per capire che il luogo non può essere quello: è grande ma ci sono solo scaffali a vista e piani di lavoro, nulla di funzionale alla conservazione di documenti.

Sale al piano di sopra.

La stanza da letto non gli sembra consona a quel tipo di utilizzo, così come la cucina.

Entra nella sala ottagonale e si avvicina alla libreria.

Conosce parecchi di quei volumi, da ragazzo vi aveva ricorso spesso per ingannare il tempo trascorso lì da solo.

Il nonno non amava i romanzi e ve ne sono pochi, in compenso era un grande appassionato di biografie.

Ivano scorre con la punta delle dita le coste dei libri.

Ritrova quella di Caterina di Russia, quella di Federico II e Carlo Magno, anche se non aveva mai osato affrontarle, optando per quelle più congeniali a lui di Alan Turing e Ettore Majorana.

Già da ragazzo aveva avuto la passione per certe materie.

Si appunta mentalmente di portarle via prima di vendere la casa, ci terrebbe a tenerle con sé.

Lì però non c'è quello che sta cercando, così si sposta verso l'angolo bar.

La parte superiore del mobile è occupata da bicchieri e bottiglie di liquore, così si accovaccia per poter esaminare il contenuto della parte inferiore, chiusa da sportelli in legno nero.

Dietro l'anta di sinistra sono impilati vecchi numeri di *Diana – La rivista del cacciatore.* Li tira fuori e li appoggia sul pavimento ripromettendosi di gettarli nella raccolta della carta, poi apre lo sportello centrale.

Nel mobile sono conservate una dozzina di scatole di latta di biscotti della marca *Lazzaroni*, ciascuna delle quali è contrassegnata da un'etichetta riportante un anno.

Doveva essere stato un pesante consumatore di quei biscotti perché ce ne sono parecchie, la più recente delle quali è datata 1995.

Ivano la estrae e la poggia a terra.

La apre e capisce di non essersi sbagliato: guidato dalla meticolosità che applicava a tutti gli aspetti della sua vita, il nonno aveva archiviato tutti i documenti che lo riguardavano in quelle scatole, una per ogni anno.

Non sarà una ricerca veloce, soprattutto in considerazione del fatto che non sa cosa cercare.

Apre quella più recente. Dubita di trovare lì quanto sta cercando, però gli interessa anche capire come siano stati gli ultimi giorni di suo nonno.

La scatola contiene soprattutto estratti conto bancari e fatture pagate, queste ultime ordinate per tipologia e tenute assieme da un elastico.

Il nonno sembra aver avuto l'ossessione di tenere traccia di ogni pagamento sostenuto e aveva conservato ogni genere di ricevute, perfino quelle delle pizzerie, dello spaccio alimentare (era ancora la vecchia gestione), del carrozziere e del bar.

Vi è una fattura di quattrocentoventimila lire con la quale il nonno aveva comprato qualcosa da una non ben identificata Guido Martino Snc, alcune parcelle del dottor Armando Bruno per *visite specialistiche,* la *sostituzione cinghia* del meccanico Carmine Speranza, il pagamento del bollo auto e dell'assicurazione.

Su un foglio bianco aveva annotato pagamenti di trentamila lire con cadenza settimanale a favore di un certo Maurizio.

Non era specificata la natura di quella transazione né il cognome di Maurizio, ma a Ivano pare di ricordare che quello fosse il nome del giardiniere: pur avendolo pagato in nero, il nonno aveva voluto lasciare una traccia di quel passaggio di denaro.

Anzi, probabilmente proprio perché lo pagava in nero.

Sfoglia gli estratti conto, ma neppure questi contengono informazioni rilevanti: vi è l'accredito della pensione del Paraguay e quella italiana, prelievi di contanti ad inizio di ogni mese e l'addebito delle bollette.

Richiude la scatola e passa a quella dell'anno precedente, pur consapevole che con ogni probabilità avrebbe trovato lo stesso genere di documenti.

Non si sbaglia: ci sono le solite bollette, più qualche pagamento estemporaneo come quello ad un tecnico per la riparazione della lavatrice e ad un'azienda agricola dalla quale aveva comprato delle sementi.

Accantona anche quella scatola e decide di saltare alla più lontana nel tempo, e per fare questo deve quasi infilarsi dentro al mobile fino a raggiungere una sulla quale il nonno aveva apposto l'eloquente etichetta *Vecchi documenti*.

Fa appena in tempo ad aprirla quando sente un rumore provenire dal piano di sotto.

Chiude la scatola di metallo e tende le orecchie.

Per un attimo immagina – e allo stesso tempo spera – di essersi ingannato, poi lo sente di nuovo: è il rumore familiare delle unghie di cane sulle piastrelle.

No, non ancora!

Rimane immobile per qualche secondo, incerto su cosa fare, poi vede Hugo che entra nella sala e – dopo aver annusato negli angoli – punta verso di lui.

Si ferma ad un metro di distanza, reclinando la testa di lato, poi abbaia scodinzolando.

"Hugo, cosa hai trovato?".

È la voce del nonno, e proviene dal piano di sotto.

Deve andarsene prima che salga il nonno, o qualunque cosa sia!

Il cane mugola nuovamente scalpitando sul posto, tipico dei cani quando sono impazienti.

Ivano non attende di sentire il nonno avvicinarsi: prende la scatola, la mette sotto braccio ed esce dalla casa di corsa.

Monta in auto e preme l'acceleratore.

Passando sotto al gelso un frutto gli rimbalza sul parabrezza.

Si registra nuovamente al bed and breakfast *Il Frutteto*.

"Senza bagaglio?", chiede il ragazzo con il pizzetto biondo alla reception.

"È in auto, lo prendo dopo", mente. L'ha lasciato in camera sua, non ha avuto né il tempo né il coraggio di scendere a recuperarlo.

L'uomo rivolge un'occhiata perplessa alla scatola di latta *Lazzaroni* che Ivano tiene sotto al braccio ma non commenta.

Gli porge la chiave della medesima stanza presa la volta precedente, quella con l'asse del gabinetto riparato con il nastro americano.

"Colazione a partire dalle sette fino alle dieci, non si fuma in camera", recita.

Ivano riprende possesso della stanza e si lascia cadere sul letto.

È stanco per il viaggio, ma la sensazione di spossatezza che prova non è dovuta alla permanenza in auto.

Aveva sperato di non vedere più Hugo e suo nonno, scoprire che in qualche maniera tutto era terminato.

È la parte razionale o quella irrazionale di lui che lo aveva sperato?

Si alza dal letto e si siede alla scrivania, dove la scatola di latta è ancora in attesa di essere esaminata.

Spalanca la finestra e si accende una sigaretta.

Per ovvii motivi non ne ha parlato con Renato, ma è tornato a Villa Anastasia non solo per cercare un documento che leghi Augusto Noto al passato italiano, ma anche per fare chiarezza su quanto ha visto ultimamente.

Il nonno aveva detto al telefono: *anche io l'ho ricevuta*.

Ammesso che a parlare fosse il nonno e ammesso che avesse senso quanto aveva visto, cosa poteva aver ricevuto?

Una lettera? Una telefonata? Una visita?

Non deve neppure trascurare che il nonno si era espresso in spagnolo, e non necessariamente i vocaboli femminili in italiano lo sono anche nella lingua di Madrid, o di Asuncion in questo caso.

Capovolge il coperchio della scatola dei biscotti e lo usa per picchiettarvi la cenere della sigaretta.

Anche in quella scatola sembra esserci la rendicontazione di ogni lira spesa, segno che quel tipo di meticolosità era sempre stato presente nella sua vita.

Ricevute di affitto, conti della lavanderia e spese mediche, tutte impilate in ordine cronologico inverso, dalle più recenti alle più vecchie.

Ad un certo punto, come se scavando in un sito archeologico avesse raggiunto una precedente era geologica, la valuta di quelle ricevute smette di essere espressa in lire e diventa in guaranì, segno che ha raggiunto il periodo in cui il nonno viveva in Sud America.

Se quello che sta cercando esiste, quello è il posto in cui può celarsi.

Rovescia il contenuto della scatola sulla scrivania e

rovista tra le carte senza più tenere conto dell'ordine cronologico.

Il fatto che le ricevute siano in spagnolo rende quella ricerca ancora più surreale, giacché non comprende la maggior parte di quanto gli capita tra le mani.

Rovistando tra le carte la sua attenzione viene attirata da una busta di posta aerea, di quelle di carta leggera e incorniciate con un motivo rosso bianco e blu.

Non c'è scritto nulla sul fronte, così la apre e ne esamina il contenuto.

La busta contiene quattro foto, due delle quali fanno parte del rullino del giorno del matrimonio, giacché il nonno è vestito come nella foto incorniciata in cucina: nella prima è al ristorante con un bicchiere in mano in mezzo ad una mezza dozzina di uomini, nell'altra sta uscendo dalla chiesa sottobraccio alla nonna tra due ali di invitati, bersagliati da manciate di riso.

I due sposi si proteggono i volti con le mani e sembrano felici.

La terza foto – così come quella in cucina – immortala una battuta di caccia, ma in quella suo nonno non ha più di trent'anni.

È con un amico più alto di lui, un uomo bruno con occhiali dalla montatura spessa, ed entrambi portano un fucile a tracolla.

Sullo sfondo c'è una camionetta color verde militare sulla cui fiancata è impressa le dicitura *Parque Nacional Kaa Iya*.

La quarta foto lo ritrae su un'amaca mentre legge il giornale con un enorme sigaro tra le labbra.

Tira dalla sigaretta.

Ok, ha trovato qualcosa che non sia una fattura, ma cosa?

Due foto dal matrimonio, una a caccia – che fosse un

cacciatore gli era ben noto – e una presa durante il suo tempo libero.

Significano qualcosa?

Sicuramente erano state importanti per il nonno, infatti le aveva conservate per quarant'anni, ma aggiungono qualcosa alla ricerca che sta facendo?

Probabilmente no.

Prende quella della battuta di caccia.

Doveva essere stata scattata prima del matrimonio poiché non sembra avere la fede all'anulare sinistro, anche se porta già i baffi.

Chi è l'uomo con lui?

La volta. Sul retro, a matita, è annotata la data del 21 aprile 1948.

È l'immagine del nonno più lontana nel tempo a sua disposizione, così prende il telefonino, la inquadra con l'obiettivo e scatta, poi traccia un circoletto digitale attorno alla testa del nonno e la manda a Renato via Whatsapp.

"Vedi se qualcuno dei tuoi anziani lo riconosce", gli scrive.

La risposta di Renato è quasi immediata: "Buona idea, lo farò quanto prima".

Torna a guardare l'uomo alto con gli occhiali dalla montatura spessa.

Potrebbe essere lui Jugy?

Picchietta la cenere nel coperchio rovesciato.

Può essere chiunque: Ivano sta supponendo che siano una coppia di amici solo perché sono ritratti assieme in una foto, ma magari era solo una persona conosciuta in occasione della battuta di caccia.

Però gli sembra di averlo già visto.

Riprende il telefonino, apre la galleria delle foto e seleziona lo scatto di quella appesa alla parete della cucina, quella davanti alla fabbrica.

È la foto di una foto, per di più già in origine a bassissima definizione, tuttavia nel gruppo dei colleghi del nonno c'è un uomo che potrebbe somigliare al tizio della battuta di caccia.

È più alto degli altri – per questo motivo gli era rimasto impresso – e porta lo stesso tipo di occhiali.

In quel gruppo ce ne sono almeno altri due con la stessa montatura, che evidentemente doveva essere di moda all'epoca, ma non sono così alti.

Non è una prova schiacciante, ma, su sette foto conservate dal nonno in settanta anni di vita, in due compare il medesimo uomo.

Chiunque egli sia, probabilmente è stato una persona importante per lui.

Spegne la sigaretta e agita le mani per indirizzare il fumo attraverso la finestra aperta.

Gli spiace interrompere la ricerca, ma deve sopperire al fatto di aver lasciato il bagaglio a Villa Anastasia.

"Vorrei due paia di boxer neri. Anzi, faccia tre".

La signora dietro al banco si volta per prendere una scatola di cartone e la appoggia davanti ad Ivano con uno sbuffo provocato dallo sforzo.

È probabilmente molto prossima ai settant'anni ed è piuttosto sovrappeso.

"Che taglia?", chiede aprendola.

"Una M, grazie".

La donna preleva tre sacchettini di plastica e li appoggia sul tavolo accanto alla scatola.

Sono di una marca mai sentita, ma Ivano ritiene non sia il caso di fare il difficile, giacché non sembrano esserci altre opzioni nella piccola merceria di paese.

"Serve altro?", chiede la donna richiudendo il contenitore.

"Avete delle magliette?".

"Sono appese lì – dice indicando un appendiabiti alle spalle di Ivano – Alcune sono in offerta".

L'uomo vi si accosta e le scorre velocemente, mettendo da parte quelle della sua taglia.

"Mi scusi, lei è il nipote del signor Noto?".

Volta la testa per capire a chi appartenga quella voce.

Davanti a lui c'è una donna di un'ottantina di anni con una cofana molto voluminosa di capelli tinti e le guance intonacate di cipria.

Sa di conoscerla, ma non riesce a darle un'identità.

"Sono Teresa, io e mio marito avevamo lo spaccio alimentare fino a qualche anno fa – si presenta – Mia nipote mi ha detto che eravate tornato".

Ivano le sorride e le porge la mano.

"Sì, sono tornato, ma non credo di rimanere a lungo".

"State vendendo casa, vero? A quei due inglesi?".

Evidentemente le voci corrono sempre nei centri piccoli.

"Sì. Ci stiamo provando, almeno".

La donna assume un'espressione costernata.

"È una bella casa, mi spiace che la vendiate, ma secondo me fate bene. Troppi eventi tragici, solo dei forestieri potevano prenderla".

Ivano prende una maglietta bianca con il logo *Levi's* sul petto e la mette da parte.

"Perché dice *troppi eventi tragici*?", domanda.

"Voi non conoscete la storia di quella casa? – chiede Teresa con una punta di meraviglia – Prima che vostro nonno ne entrasse in possesso?".

Ivano scuote la testa.

"No. So che lui la comprò da un imprenditore andato in disgrazia".

La donna ridacchia sorniona.

"Certo, magari quando eravate bambino vi hanno raccontato questa storia, ma non andò così. La casa era effettivamente di un imprenditore, ma non cadde in disgrazia: furono uccisi lui e tutta la famiglia".

La donna si guarda attorno in maniera teatrale, come se temesse di essere ascoltata da non si sa bene chi.

"Erano lui, la moglie e un figlio di dodici anni – prosegue abbassando la voce – Li trovarono tutti e tre nel salotto, ognuno ucciso con un colpo in fronte, si salvò solo il figlio maggiore perché in quel momento era in vacanza studio in America. Fu lui a vendere la casa a vostro nonno, ad un prezzo ridicolo ma necessario viste le circostanze, e vostro nonno giustamente colse l'occasione".

Ivano prende ancora una t shirt nera e la porge assieme all'altra alla proprietaria del negozio, che li infila assieme ai boxer in una busta di plastica verde.

"Chi li uccise?", chiede Ivano estraendo il portafoglio per pagare.

Terese scuote la testa.

"Non si è mai saputo. Alcuni dicono la mafia, altri che siano stati degli zingari di passaggio, anche se in casa era tutto in ordine e non mancava nulla".

"Si ricorda in che periodo dell'anno capitò?".

La donna annuisce.

"Me lo ricordo bene perché ero incinta e poco dopo nacque la mia seconda figlia. Erano i primi di luglio del 1977".

Luglio, come i Coletto, e come lui ora.

Ivano prende il sacchetto con gli indumenti, saluta Teresa e esce.

Ha bisogno di respirare.

Capitolo 10

Rientra nel bed and breakfast con la busta in mano.

Fa per imboccare le scale, ma una voce proveniente dalla reception lo blocca.

"Dottore, non si fuma in camera – lo ammonisce il ragazzo con il pizzetto biondo – Anche se non ci sono i rivelatori di fumo io me ne accorgo lo stesso".

"Mi scusi, me ne ero dimenticato", si difende.

"Certo, certo", commenta l'altro sarcastico.

Ma vaffanculo...

Risale la rampa di scale e entra nella stanza.

Aziona la pala sul soffitto, la quale però non fa altro che spostare aria calda, e oltre a non provocargli alcun refrigerio gli impedisce di concentrarsi.

Si sfila la maglietta e si getta sul letto.

Evidentemente luglio è un periodo dell'anno in cui a Villa Anastasia di scatenano eventi efferati, è successo almeno altre tre volte e sta capitando di nuovo.

Deve capire chi era Jugy.

Augusto Noto aveva parlato al telefono in spagnolo, quindi certamente con una persona conosciuta in Paraguay.

Però, da quanto sapeva, il nonno ad Asuncion frequentava essenzialmente la comunità italiana, difatti era lì che aveva conosciuto la ragazza che sarebbe diventata sua moglie.

Chi poteva frequentare un emigrante oltre alla cerchia dei suoi connazionali?

I colleghi.

Prende il telefonino e chiama suo padre.

"Papà, per chi lavorava il nonno in Paraguay?".

"Per una società chiamata Schedler Bock, era un'azienda tedesca".

"Di cosa si occupavano?".

"Di preciso non ricordo, credo fabbricassero dei macchinari, ma non chiedermi di che tipo".

"Che mansione aveva il nonno lì?".

"Faceva il meccanico, è sempre stato il suo talento. Con una chiave inglese e un cacciavite poteva riparare qualunque tipo di guasto".

Mette giù la chiamata, apre Google e vi digita il nome dell'azienda, scoprendo che è ancora in attività e ha un suo sito web.

Vi entra, seleziona la lingua inglese e consulta la home page.

L'azienda era stata fondata nel 1942, doveva il suo nome ai cognomi dei due fondatori, Hans Schedler e Oliver Bock, e produceva macchine per la trivellazione e l'estrazione di minerali.

Prende lo scontrino della merceria e vi annota il numero di telefono, poi chiama sua moglie.

"Senti, tu che parli la lingua, potresti chiamare il numero che ora ti darò e chiedere se ti possono mandare una lista dei dipendenti tra il 1945 e il 1955?".

"Cosa stai cercando?".

"È l'azienda per cui lavorava mio nonno in Paraguay, ho una mezza idea ma per adesso è solo un tentativo. Fammi questa cortesia, poi ti racconto per bene".

"Io ci provo, ma cosa posso inventare? Non penso che basti chiamare, chiedere e subito ti mandano delle informazioni del genere. Credo sia anche illegale".

"Sono passati mille anni, forse non saranno così fiscali. E poi non so come sia la legge in Paraguay".

"È un Paese di diritto latino, non credo sia tanto diverso da qui".

"Non so, inventa qualcosa, tu sei più brava di me".

"Ci provo, dammi solo qualche minuto. Ah, io sto bene, grazie per esserti interessato. Anche Mirko ti saluta".

Ivano finge di non aver colto il sarcasmo della moglie e interrompe la telefonata.

Se Jugy era un collega del nonno potrebbe risalire alle sue generalità, e magari mettersi in contatto con lui, ammesso che sia ancora vivo.

E poi?

Scusi signor Jugy, nel 1995 ha avuto una conversazione con mio nonno, si ricorda di cosa avete parlato?

Scuote la testa, come se fosse in corso uno scambio di battute con se stesso.

Ma era mai esistito Jugy?

Sa di lui perché lo ha sentito nominare dal nonno al telefono, ma neppure suo padre ne ha mai sentito parlare.

Ha senso dare attendibilità alle parole di un fantasma, o qualunque cosa abbia visto?

Però è vero il contrario: se mai riuscisse a rintracciarlo, o anche solo a dimostrarne l'esistenza, questo significherebbe che non è stata un'illusione, e che in qualche maniera suo nonno è riuscito a comunicare con lui.

Si sente eccitato da quella prospettiva, ma allo stesso tempo frustrato per non poter fare nulla.

Sua moglie avrà già chiamato?

Prende il telefono in mano, come se così potesse evocare un contatto con Gracia, e proprio in quel momento arriva una telefonata.

È lei.

"Dimmi tutto", dice impaziente.

"Dovrei lavorare nei servizi segreti, sai?", dice.

Ivano sente l'adrenalina scorrere.

"Ti hanno mandato l'elenco?".

"Non ancora, ma dovrebbero spedirmelo via mail".

L'entusiasmo scema subito.

"Speriamo lo facciano veramente. Come hai fatto a convincerli?".

"Ho detto di essere una studentessa universitaria alle prese con una tesi di laurea sulla ripresa economica del Paraguay dopo la guerra, e che avrei voluto intervistare alcuni dei loro dipendenti per riportare la loro testimonianza".

"Ti hanno creduto?".

"Parrebbe di sì. La tizia al telefono mi ha detto che facilmente molti saranno già passati a miglior vita, ma mi ha chiesto l'indirizzo mail e mi ha promesso di mandarmeli appena ne entrerà in possesso".

"Speriamo non ci ripensi", ripete.

"Se non arriva nulla nelle prossime ventiquattro ore li richiamerò. Ora mi dici cosa ti passa per la testa?".

Ivano le riassume le ultime ore.

La donna ascolta in silenzio, poi, dopo qualche istante di riflessione, dice: "Secondo me stai sbagliando prospettiva".

"In che senso?".

"Ti sei messo ad analizzare gli scontrini del parrucchiere e le bollette del gas, concentrandoti su quanto avevi in mano, quando invece avresti dovuto far caso a quello che non avevi", commenta criptica.

"Non ho capito nulla".

"Hai detto che ci sono migliaia di documenti, ma non ti sembra che manchi qualcosa?".

"Tipo?".

"Hai presente quella scatola che teniamo a casa nell'armadio? Quella gialla?".

"Sì, certo".

"Sai cosa c'è dentro?".

"Sicuro: l'atto della casa, il certificato di matrimonio, quello di nascita di Mirko...". Si interrompe quando capisce cosa intende la moglie.

"Esatto! Nelle scatole di biscotti tuo nonno non c'è nulla del genere, ma solo i giustificativi di spesa e gli estratti conto: utili per un commercialista, ma allo stesso tempo sono documenti che avrebbe potuto perdere senza particolari conseguenze".

"E difatti erano nell'anta del mobile bar, accessibile a chiunque".

"Appunto. Da qualche parte in casa ci deve essere un luogo che evidentemente reputava più sicuro in cui custodiva i documenti a cui teneva maggiormente, soprattutto per chi ha vissuto in un'epoca in cui era tutto cartaceo. Ti viene in mente qualcosa? C'è una cassaforte?".

Ivano sorride, anche se la moglie non può vederlo.

"No, casseforti non ce ne sono. Però c'è un armadio blindato in cui teneva i fucili da caccia".

"Scommettiamo una cena che troverai tutte queste cose lì dentro?".

"Una cena dove? Al *Palomar*?".

"Per me va bene. Guarda che se ho ragione io paghi tu, eh".

"Certo, e ne sarò felice. Sei un genio!".

"Lo so".

Ivano si alza dal letto e indossa la maglietta nuova con il logo della Levi's.

L'idea di tornare nell'abitazione del nonno lo atterrisce, ma non vede alternative.

La casa è silenziosa e non sembra esserci nessuno, tuttavia vi penetra cercando di limitare al minimo i rumori.

Per prima cosa si reca nella sala ottagonale.

La pila della rivista *Diana* non c'è più, e lui è sicuro di averla lasciata sul pavimento accanto al mobile.

Apre l'anta per controllare: i periodici sono nuovamente dove li aveva trovati.

Scende in punta di piedi la scala che porta al piano di sotto e si ferma davanti all'armadio blindato.

Se è mai esistito qualcosa che possa collegare Augusto Noto al suo passato questo si trova sicuramente in quell'armadio.

Ha già provato una volta, tuttavia compie ancora un tentativo per verificare se qualcuna delle chiavi in suo possesso funzioni, ma inutilmente.

Sblocca il telefonino e digita nel box di ricerca di Google "aprire cassaforte senza chiavi".

Ci sono parecchie ditte che offrono quel tipo di servizio, ma quasi tutte sono molto distanti.

Seleziona quella più vicina a lui e invia la chiamata.

"Security Home buongiorno", risponde una voce femminile un po' nasale.

"Buongiorno, ho un problema che spero possiate risolvere. Mi trovo di fronte ad un armadio blindato di cui non trovo più le chiavi, potete fare qualcosa?".

"Certo, è il nostro mestiere. Per quando le serve l'intervento?".

"Ecco, direi il prima possibile".

"Dove si trova?".

Ivano le comunica l'indirizzo e rimane in attesa.

"Temo di darle una brutta notizia, ma nella sua zona possiamo fissarle un appuntamento per fine mese".

Ivani non nasconde il suo disappunto.

"Fine mese? Io non posso aspettare così tanto!".

"Vorrei poterla aiutare, ma questo è sempre un periodo caldo per noi: la gente si prepara per le vacanze e si accorge che non riesce a recuperare il passaporto o i gioielli, così chiama noi".

"Io però non posso aspettare fine mese: devo vendere una casa e l'armadio blindato deve essere svuotato prima".

"L'unica cosa che posso fare è prendere i suoi dati e inserirla in lista di attesa, se qualcuno dovesse disdire la contatteremo e fisseremo un appuntamento".

Ivano sospira deluso.

"Quante probabilità ci sono che succeda?".

"In realtà capita piuttosto spesso: talvolta dopo averci chiamato trovano le chiavi o ricordano la combinazione e a quel punto disdicono".

Ivano annuisce in silenzio.

"Va bene, non credo di avere alternative. Cosa devo fare?".

"Mi lasci i suoi dati, ci penserò io a contattarla".

Ivano comunica i suoi recapiti, la ringrazia e aggancia.

Prova altre due numeri di telefono, ma senza fortuna.

La cosa migliore sarebbe trovare la chiave, quella di suo nonno, che potrebbe essere nascosta in casa.

Dove potrebbe essere?

Passa dalla sua stanza a recuperare il bagaglio per evitare di lasciarlo nuovamente lì, poi torna al piano di sopra e si sposta nella stanza da letto del nonno.

Il materasso giace nudo sulla rete, con qualche alone che gli fa pensare che il nonno avesse qualche problema a trattenere le deiezioni notturne.

Ivano custodisce nel suo comodino il passaporto, gli orologi e il duplicato della chiave dell'auto e si chiede se anche il nonno avesse la stessa abitudine.

Apre il cassetto del comodino, ma lo trova vuoto.

Che stupido, hanno svuotato la casa prima di darla in affitto.

Spalanca le ante dell'armadio e apre i cassetti del mobile in legno scuro, verificando come siano anche loro vuoti.

Quella è una pessima notizia, perché un buon nascondiglio per una chiave avrebbe potuto essere la tasca di un giaccone o di un cappotto.

Chiama suo padre.

"Senti, quando venne svuotata la casa del nonno, dove vennero messe le sue cose? Mi riferisco ai vestiti, alle giacche e cose del genere".

"Se ne occupò tua zia, credo vennero regalati alla parrocchia o a qualche ente benefico. Perché?".

"Sto cercando le chiavi dell'armadio blindato, ho immaginato potessero essere state dimenticate in qualche tasca".

"Quello mi sento di escluderlo: tua zia esaminò ogni indumento prima di consegnarlo e ne ricavò una scatola piena di accendini, monete e oggetti vari, ma certamente nessuna chiave".

"Ok, grazie. Riprendo la ricerca, se trovo qualcosa ti avviso".

Si sposta in cucina.

Dove cercare?

Se il nonno aveva nascosto la chiave in casa lo aveva fatto scegliendo come nascondiglio qualcosa che gli fosse stato comodo in quel momento, ma dopo venticinque anni potrebbe non esserlo più, come una zuccheriera o un sacco di farina.

Purtroppo non gioca a favore di Ivano il fatto che due famiglie abbiano soggiornato lì nel frattempo: ciascuna avrebbe potuto trovarla e usarla, magari anche svuotando l'armadio del suo contenuto, e lui non avrebbe nemmeno i mezzi per capirlo.

Speriamo che qualcuno disdica e vengano a forzarla, perché qui non ne verrò mai a capo.

Sente il telefonino vibrare in tasca, è sua moglie.

"Indovina chi mi ha appena scritto?".

"La ditta paraguaiana?".

"Esatto".

"Ti hanno mandato l'elenco?", domanda impaziente.

"Sì, certo, diversamente non ti avrei neppure chiamato".

"Hai dato un'occhiata?".

"L'ho aperto, ma non so neppure cosa cercare. Te lo inoltro".

"Grazie mille, lo guardo subito".

Un istante dopo Ivano sente un trillo leggero che lo informa dell'arrivo di una mail.

La apre con la pressione di un polpastrello: vi è allegato un file Excel fitto di nomi e date, suddiviso in dieci sezioni, una per ogni anno, dal 1945 al 1955.

In ogni sezione sono riportati i dati dei dipendenti a libro paga in quell'anno, e per questo motivo la maggior parte dei nomi ricorre in più sezioni.

Augusto Noto è presente in tutte, ma non è l'unico.

Ivano fa un calcolo approssimativo: tra il 1945 e il 1955 alla Schedler Bock avevano lavorato un'ottantina di persone, circa la metà di loro per tutto il decennio.

È verosimile che un amico di suo nonno fosse qualcuno che lo aveva accompagnato per tutti quegli anni?

Possibile, ma non poteva esserne certo.

Intanto sarebbe utile capire di che anno sia la foto appesa davanti a lui, quella in cui sembra esserci l'uomo alto immortalato anche alla battuta di caccia.

Si avvicina alla parete per esaminarla meglio.

Talvolta su alcune foto ufficiali vengono sovrimpressi luogo e data, come sulle foto di classe, ma purtroppo non in quella.

Forse però il nonno aveva annotato la data sul retro come aveva fatto con le altre.

Stacca la cornice dalla parete e, facendo attenzione a non romperla, rimuove la parte posteriore e fa scivolare fuori la foto.

Non vi sono date, ma quello che vede gli strappa un'esclamazione di soddisfazione: sul retro della foto, all'altezza di ciascun volto, il nonno aveva riportato il nome della persona corrispondente.

Li scorre uno dopo l'altro, ma anche se non trova nessun Jugy, ora può capire come si chiama l'uomo alto con gli occhiali.

Gira la foto e appoggia un dito sul suo viso, poi verifica sul retro a che nome corrisponda.

C'è scritto Carlos.

Ora che conosce il nome dell'uomo e ha l'elenco dei dipendenti non dovrebbe essere difficile risalire a chi fosse.

Il nonno e Carlos erano amici, o quanto meno si frequentavano nel tempo libero e andavano a caccia assieme.

Forse per un emigrante le amicizie hanno un valore diverso rispetto a chi invece vive nel Paese in cui è nato.

Chi passa la vita nei luoghi dove è cresciuto possiede una ramificazione di relazioni molto ampia perché l'ha alimentata e sfrondata negli anni, chi sta all'estero può invece contare su poche persone, le amicizie sono probabilmente più strette e più esclusive.

Forse chi vive lontano da casa può contare su meno amicizie, ma più intime e più vere.

Un tonfo al piano di sotto lo strappa alle sue considerazioni.

Si avvicina alla finestra e guardò la pianta di gelsi: è coperta di frutti.

È giunto il momento di uscire.

Capitolo 11

Ivano appoggia i gomiti sul bancone ed emette un leggero colpo di tosse per attirare l'attenzione del ragazzo con il pizzetto biondo.

L'uomo solleva lo sguardo da una rivista di moto e lo sposta sul suo ospite.

"Se ti inoltro una mail, potresti stamparmi l'allegato?", chiede.

Il ragazzo annuisce.

"Bene. Dove te la mando?".

Il ragazzo prende da un espositore un biglietto da visita e lo appoggia sul bancone.

"Mandalo qui", dice.

Ivano apre il client di posta dal telefonino, digita l'indirizzo nel campo del destinatario ed invia, un attimo dopo sente un trillo uscire dalle casse del computer dall'altra parte del bancone.

Il ragazzo smuove il mouse per sbloccare il salvaschermo, esegue un doppio click e dalla stampante sotto al bancone esce un foglio A4.

"Grazie, devo qualcosa", chiede, ma il ragazzo glielo porge scuotendo la testa.

Sale in camera sua, si siede alla scrivania e osserva la tabella stampata su carta: tra il 1945 e il 1955 sei Carlos avevano lavorato alla Schedler Bock.

Carlos Gutierrez.
Carlos Iglesias.
Carlos Ortiz.
Carlos Aguirre.
Carlos Ferreyra.
Carlos Guzman.

Uno di questi è l'uomo che andava a caccia con suo nonno, ma quale?

E – anche ammesso che riesca ad individuarlo – dove lo porterà conoscere il cognome di Carlos, l'amico di suo nonno?

Lui sta cercando Jugy, soprannome che non sembra abbinarsi con nessuno di quei nomi, ma è anche vero che il suo amico Matteo Fabbri è chiamato *Zip* per motivi che nulla hanno a che fare con le sue generalità.

In ogni caso non ha altro su cui lavorare, almeno fino a quando non riceverà l'esito dell'esame del DNA o riuscirà ad aprire l'armadio blindato.

Ma che tipo di ricerca potrebbe fare?

Se Carlos fosse stato un suo contemporaneo potrebbe ricavare qualche informazione dai profili social o anche solo cercando con Google, ma cosa cercare su un uomo nato cento anni prima?

Vale comunque la pena di provarci.

Digita il nome di Carlos Gutierrez sul motore di ricerca, ricevendo come risposta migliaia di risultati.

Affina la ricerca aggiungendo "paraguay" nella query, ma la mole dei risultati non diminuisce.

Clicca sul primo.

Dopo circa un'ora distende la schiena con un crepitio della spina dorsale e emette un sospiro di sconforto.

Si toglie gli occhiali e si sfrega gli occhi.

Ha senso quel lavoro?

Ha appena finito di leggere una trentina di articoli su altrettanti *Carlos Gutierrez*, quasi tutti in spagnolo e – sebbene non sia padrone di quella lingua – è sicuro che nessuno aveva attinenza con la sua ricerca.

Internet è una risorsa eccezionale ai giorni nostri, ma ha evidenti limiti nel trovare informazioni troppo indietro negli anni, soprattutto quando si cercano informazioni su persone comuni.

Prende il telefono e rende partecipe la moglie del suo sconforto.

"È come sperare di telefonare ad una persona di cui non conosci il numero pigiando tasti a caso sul telefono. Ci sono migliaia di risultati e probabilmente nessuno di loro c'entra nulla con la mia ricerca".

Gracia non parla per alcuni secondi, poi: "No, non credo che sia un metodo efficace, infatti".

"Mi fa piacere che la pensi come me. Tu cosa faresti, ammesso che si possa fare qualcosa?".

Un altro silenzio, poi: "Mandami la foto di tuo nonno con i colleghi e quella della battuta di caccia, ho una mezza idea".

Ivano non chiede dettagli, chiude la telefonata ed esegue il compito.

Si distende sul letto.

Dubita che ne verranno mai a capo.

Anche se scoprisse le reali generalità dell'uomo alto, cosa se ne farebbero?

Con estrema probabilità è morto anche lui – a occhio doveva essere coetaneo del nonno, forse anche più vecchio – e si troverebbero in un altro vicolo cieco.

Ha solo da sperare che l'esame del DNA sia celere e che gli dia il risultato sperato.

Chiude gli occhi.

Si sveglia sudato.

Cerca a tastoni il telefonino per controllare l'ora e vede che ci sono quattro chiamate non risposte da parte di sua moglie.

Ha dormito oltre quattro ore.

Si mette a sedere e la richiama.

"Eri morto?", chiede lei in risposta.

"No, mi sono addormentato – spiega sbadigliando – Sei riuscita a scoprire qualcosa?".

"Sì, tesoro. E non potrai credere a quello che ho trovato".

L'ultimo residuo di sonno si dissipa istantaneamente.

"Dimmi".

"Ho chiamato nuovamente la Schedler Bock, e per fortuna mi ha risposto una persona diversa dalla volta precedente. Mi sono spacciata per la nipote del loro ex dipendente Augusto Noto, ho spiegato che il nonno era morto e che per rispettare le sue volontà dovevo riuscire a rintracciare il suo amico Carlos. Purtroppo il nonno era molto avanti con gli anni e la sua memoria non era più quella di una volta, e così sul testamento non aveva indicato il cognome dell'amico. Però avevamo due foto con cui poterlo identificare e quindi mi chiedevo se loro avrebbero potuto aiutarmi".

Ivano si alza dal letto e va ad aprire la finestra.

Un refolo di aria tiepida entra nella stanza.

"È stata gentile, si è fatta mandare le foto e ha promesso che avrebbe chiesto in azienda se qualcuno si ricordasse di Carlos, pur non promettendo nulla".

Ivano si sporge dalla finestra e accende una sigaretta.

È tecnicamente fuori dalla stanza, anche se probabilmente il ragazzo con il pizzetto biondo avrebbe qualcosa da eccepire.

"Ci è andata bene – prosegue Gracia – poiché l'amico di tuo nonno, a differenza sua, ha chiuso la sua carriera lavorativa presso di loro, e così ci sono ancora in servizio

degli impiegati che hanno lavorato con lui e l'hanno riconosciuto. Si chiama, anzi si chiamava, Carlos Aguirre".

Ivano sorride mentre espira il fumo dalle narici.

"Brava, sei stata eccezionale!".

"Grazie, ma non è finita qui".

Ivano aspira dalla sigaretta.

"Visto che la ragazza era collaborativa e mi sembrava
propensa a chiacchierare le ho chiesto se sapesse darmi
qualche indicazione su quell'uomo: se fosse ancora vivo,
se conoscesse qualche parente, se in qualche maniera potesse aiutarmi a rintracciarlo".

"E quindi?".

"Mi ha confermato che è morto ma che, se le voci
che correvano in azienda erano corrette, era morto suicida alcuni anni dopo essere andato in pensione, anche se
non sapeva darmi dei dettagli e neppure se queste voci
rispondessero al vero. Ci sono un po' troppo suicidi in
questa storia, non trovi?".

Ivano sbuffa il fumo dalle narici ed emette un fischio
tra i denti.

"L'ho ringraziata, le ho detto che era stata gentilissi-
ma e mi sono messa a cercare per conto mio. Mi è stato
sufficiente inserire in Google il nome completo di Carlos,
qualche elemento come *ucciso* e *paraguay*, e ho trovato
quello che cercavo. Te lo anticipo, sono delle bombe".

"Cosa hai trovato?", domanda Ivano curioso.

"Ho stampato gli articoli e ho salvato i link, se poi ti
interessano te li manderò. Ma sono tutti in spagnolo, è
meglio che te li riassuma io".

"Basta che arrivi al punto", la sprona.

Il gusto di sua moglie per la teatralità sta cominciando
ad infastidirlo.

Sente dei rumori dall'altro capo del telefono come se
Gracia stesse sfogliando dei fogli di carta.

"Il primo articolo è del 16 luglio 1995, e riferisce di un pensionato chiamato Carlo Aguirre trovato morto in casa sua. Era un uomo celibe e senza figli, si era impiccato ad una trave senza lasciare nessuna lettera di addio. Dalle prime verifiche non sembravano esserci problemi di soldi né di salute: nessun motivo, insomma, che facesse capire il motivo del gesto".

Altro rumore di carta.

"Per un mese nessuna notizia poi, a metà agosto, una rivelazione shock: l'agenzia incaricata della vendita della casa mentre sgomberava i suoi effetti personali aveva trovato in un cassetto una busta contenente una foto in bianco e nero che lo ritraeva da giovane con addosso un'uniforme delle SS".

Ivano spalanca la bocca e la sigaretta cade, ancora accesa, nel frutteto sotto di lui.

"Le autorità paraguaiane a quel punto inoltrarono la foto all'Interpol e dopo qualche giorno ricevettero risposta dal Simon Wiesenthal Center, l'organizzazione del cacciatore di nazisti".

Ancora rumore di pagine.

"Il caro amico e collega Carlos – rimarca Gracia – era un ex ufficiale delle SS e si chiamava Juergen Kumpf. E secondo me uno chiamato Juergen può tranquillamente avere come nomignolo...".

"Jugy", conclude Ivano.

"Esatto. Ma non solo: nel suo stato di servizio c'erano la campagna d'Africa e quella d'Italia, con la quale aveva concluso il suo onorato servizio".

Rimangono in silenzio per qualche istante.

"Ti ricordi la frase che tuo nonno pronunciò al telefono parlando con Juergen? *Yo tambien la recibi?*", chiede quindi Gracia.

"*Io anche l'ho ricevuta.* Quindi è possibile si riferisse alla foto, o alla lettera".

"È quello che ho pensato anche io".

"E quindi mio nonno...", accenna Ivano.

"Mi spiace dirtelo, ma credo che se il suo amico Jugy era un ex SS dobbiamo mettere in conto che lo fosse anche lui", sentenzia la donna.

"Potrebbe averlo non saputo", obietta Ivano.

"Difficile: tutti lo conoscevano come Carlos ma tuo nonno lo chiamava Jugy, quindi sapeva il suo nome vero".

"Però mio nonno non era tedesco".

Gracia risponde con un risolino.

"Sei sicuro? A questo punto puoi escluderlo?".

"Se fossero stati entrambi tedeschi avrebbero parlato nella loro lingua, non trovi?".

Gracia riflette per qualche istante.

"È una giusta osservazione, ma non è detto: quando uno sta tanto lontano dalla sua patria e non parla mai la sua lingua natia tende a dimenticarla. Io e mia sorella parliamo americano tra noi, anche se entrambe per i primi anni della nostra vita abbiamo parlato solo spagnolo. In aggiunta credo che uno che sta all'estero e si protegge dietro una falsa identità abbia come sacra regola proprio quella di non usare mai la sua lingua madre".

"Sì, è possibile", ne conviene Ivano.

Gracia non risponde, forse aspettando un commento da parte del marito, che però è troppo frastornato per essere lucido.

Ivano ha bisogno di riflettere in silenzio.

"Sei stata strepitosa, grazie – dice infine – Ora però ho bisogno di un po' di tempo per metabolizzare queste notizie, ti chiamo più tardi".

Getta il telefonino sul letto e si siede sul materasso.

Deve dare un ordine a tutte questa informazioni.

Suo nonno in Paraguay aveva come migliore amico un ex SS, con il quale lavorava e trascorreva il tempo libero.

Il nonno non si era stupito quando aveva sentito che all'altro capo della linea c'era Jugy, segno che probabilmente dopo aver lasciato il Sud America erano ancora soliti aggiornarsi periodicamente.

Il nonno sapeva chi era stato Kumpf, ma questo implica necessariamente che anche lui fosse stato un SS?

No, però non depone a suo favore.

Se io scoprissi che un mio collega è stato un criminale di guerra lo denuncerei, ma se anche scegliessi di non farlo cercherei almeno di prendere le distanze da lui, non ci andrei a caccia assieme, non diventerei suo amico.

Se il nonno aveva operato scelte diverse era perché riteneva non ci fosse nulla di sbagliato nel coltivare quella amicizia, forse alimentata dalla condivisione dei medesimi valori.

Chi era stato suo nonno?

La storia della sua famiglia deve essere riscritta, e non in meglio.

Il telefono vibra sul letto: è Renato.

"Ciao – dice l'uomo – volevo solo informarti che sono appena tornato dal cimitero dove abbiamo fatto il prelievo di un campione dalla tomba di Augusto Noto".

In sottofondo si sente la voce della donna chiamata Silvana.

"Di già? Pensavo ci sarebbe voluto più tempo", risponde Ivano.

"Anche io, ma ho raccontato al sindaco delle ultime novità e mi ha fatto la cortesia di organizzare tutto in fretta. Ora aspettiamo i risultati del laboratorio, sui loro tempi però purtroppo non posso sbilanciarmi".

È il caso di raccontargli cosa ha appena scoperto?
Meglio di no.

"Senti, quando sono venuto a trovarti mi hai raccontato che durante la guerra c'erano delle SS nella zona, ricordo bene?".

"Ricordi bene, anche se ad essere precisi si trattava delle Waffen-SS, cioè il corpo militare delle SS, le quali invece erano assimilabili ad un corpo di polizia",

"In ogni caso erano tutti tedeschi, giusto?".

"No, non in questo caso. Si trattava della ventinovesima divisione, cioè la *Italienische Waffenverbände der SS*, un reparto creato appositamente per reclutare i fascisti italiani che ancora volevano combattere con la Germania. Infatti portavano l'uniforme dell'esercito italiano ornato con le spalline delle SS su fondo rosso, anziché nero, ed erano per lo più nostri connazionali".

Ridacchia: "Sai, vista la storia della mia famiglia nel corso degli anni mi sono fatto una cultura sull'argomento".

"Che fine fecero quegli uomini?".

"Molti vennero catturati e processati, altri morirono sul campo. Una buona parte, purtroppo, sparì nel nulla".

Ecco, appunto.

"Cerca online qualche informazione sul Progetto Odessa – prosegue Renato – troverai molte spiegazioni".

"Lo farò senz'altro. Ti ringrazio ancora per quello che hai fatto, spero di avere presto degli aggiornamenti".

"Sarai il primo ad essere avvisato", promette Renato.

Capitolo 12

Ivano scuote la testa mentre posa l'iPad sulle gambe, poi prende un sorso da un bicchierone di Coca Cola pieno di ghiaccio.

Si trova nel salotto di casa sua e sono passati due giorni da quando ha saputo di Juergen Kumpf e da quel momento non ha fatto altro che leggere documenti e testimonianze su quel periodo storico.

Sua moglie, distesa sul divano accanto a lui, lo guarda interrogativa, mentre il figlio segue alla televisione un episodio di Peppa Pig.

"Tu hai idea di quanti nazisti riuscirono a scappare dopo la guerra?", domanda Ivano posando il bicchiere in equilibrio sul bracciolo accanto a lui.

La domanda è retorica, così Gracia rimane in silenzio aspettando che il marito vada avanti.

"Migliaia. Non avrei mai detto che potessero essere così tanti", spiega indicando l'iPad, segno che si tratta di un'informazione appena appresa.

"Hai mai sentito parlare del Progetto Odessa?", prosegue.

"Non era un libro? O un film?", risponde lei guardando con una certa apprensione il bicchiere in equilibrio.

"Un libro di Forsyth, e deve il suo titolo ad un piano che portava quel nome".

La moglie alza il volume del televisore per impedire a Mirko di ascoltare la conversazione, precauzione probabilmente eccessiva giacché il figlio è totalmente rapito dal cartone animato.

"Già prima che la Seconda Guerra Mondiale finisse – inizia Ivano – i nazisti avevano capito che il conflitto si stava avviando verso il disastro, e così organizzarono un piano di fuga. O meglio, organizzarono diversi piani di fuga, che scattarono quando la guerra terminò e in alcuni casi anche un po' prima.

"Centinaia, migliaia di nazisti si sparpagliarono in tutto il mondo, ma la maggioranza andò in Sud America, soprattutto in Argentina, dove erano presenti delle comunità pronte ad accoglierli, l'estradizione era difficile e, soprattutto, il governo era compiacente".

Prende un altro sorso di Coca Cola.

"Oltre che verso l'Argentina, tanti scapparono anche in Bolivia e in Paraguay. In parecchi casi la fuga all'estero – e soprattutto la permanenza – venne favorita da aziende tedesche. Queste venivano aperte in accordo con i governi locali che, in cambio di posti di lavoro per i cittadini del posto, non facevano resistenza ad accogliere qualche nazista transfuga. Adolf Eichmann, tanto per citare uno dei pezzi più grossi, lavorava per la Mercedes in Argentina ed era riuscito a emigrare grazie ad un documento rilasciato da un comune altoatesino. Ti suggerisce nulla questa dinamica? Ti ricorda qualcosa?".

La moglie annuisce: "Certo".

"Tra i documenti del nonno ho avuto modo di consultare gli estratti del suo conto corrente – prosegue Ivano – sul quale periodicamente veniva accreditata una pensione paraguaiana. Sul momento non ci ho fatto caso perché cercavo altro, ma ora mi domando: mio nonno ha lavorato lì solo per una decina di anni, possibile che avesse già maturato il diritto ad una pensione? Oltre tutto una pensione di tutto rispetto, e lui faceva il meccanico, non era un dirigente".

"Insolito, in effetti", concorda Gracia.

"Più che insolito direi impossibile: in dieci anni non avrebbe potuto accumulare contributi per garantirsi una pensione a vita, è matematico. A meno che, ovviamente, dietro quell'azienda non ci fosse qualcosa di molto più grosso e la pensione fosse nella realtà il compenso per servizi resi altrove".

Gracia cambia posizione sul divano, cercando di alleggerire il peso del pancione.

"Quindi in definitiva che idea ti sei fatto? Cosa pensi che sia capitato?".

Ivano esita per un istante, come se dare voce ai suoi sospetti li rendesse più veri e più dolorosi.

"Intanto mi pare assodato che lui non fosse Augusto Noto, il quale giace effettivamente in quella tomba a San Giustino. Penso che fosse un membro delle Waffen SS, non so se italiano o tedesco, ma ritengo italiano perché parlava senza alcun tipo di accento e, soprattutto, in Paraguay frequentava la comunità italiana e sposò una di loro. Deve aver avuto a che fare con il vero Augusto, potrebbe essere stato lui ad ucciderlo o forse no, sta di fatto che entrò in possesso dei suoi documenti e, sfruttando una certa somiglianza e la bassa qualità delle foto dell'epoca, si imbarcò spacciandosi per lui. Si trasferì in Paraguay, andò a lavorare per la Schedler Bock assieme a Juergen Kumpf e forse altri fuggitivi come loro, e divennero amici.

"Mio nonno visse lì una decina di anni e poi tornò in Italia, tuttavia mantenne i contatti con il vecchio amico rimasto in Sud America. La loro vita proseguì tranquilla fino a quando Kumpf ricevette qualcosa che lo spinse a contattare il suo vecchio compagno. Ma cosa?".

Gracia lo guarda in silenzio mentre Ivano prende un altro sorso di Coca Cola.

"Tu mi hai letto quell'articolo in cui veniva menzionata una foto di Kumpf in uniforme nazista trovata in un cassetto di casa. Ora, immagina per un attimo di essere un SS in fuga, in un momento in cui i tuoi compagni d'armi venivano catturati e fucilati: tu porteresti con te una foto che ti ritrae in uniforme? Conserveresti negli anni una prova schiacciante che potrebbe farti condannare?".

"No, credo di no".

"Neppure io, per cui credo che si riferisse proprio a quella quando telefonò a mio nonno. Come si dice *fotografia* in spagnolo?".

"Come in italiano, *fotografía*".

"Sono convinto che ricevette proprio quella foto e da questo capì che qualcuno lo aveva identificato e lo stava cercando, e preoccupato avvisò il suo vecchio compagno, cioè mio nonno, che gli rispose che anche lui l'aveva ricevuta e che dovevano rimanere in contatto".

"Dopodiché si sono entrambi tolti la vita", conclude la moglie.

"Questa è sicuramente una coincidenza curiosa, talmente curiosa che probabilmente non è una coincidenza. Se devo formulare un'ipotesi mi viene da pensare che forse sono stati uccisi e i loro omicidi fatti passare per suicidi".

"Oppure sono stati ricattati, non hanno retto la pressione e si sono tolti la vita", ipotizza Gracia.

"È anche possibile".

Sospira, incrocia le braccia sul petto e guarda un punto fisso di fronte a lui.

"A cosa stai pensando adesso?", chiede Gracia.

Ivano fa spallucce.

"Sto pensando a molte cose, alcune delle quali forse secondarie ma molto pratiche – risponde – Se mio nonno non era Augusto Noto, ad esempio, è corretto che mio padre, io e mio figlio portiamo il suo cognome?".

Gracia porta una mano sulla pancia e fa una leggera smorfia di dolore.

"Non ci avevo pensato – dice quando l'intensità scema – ma non credo che voi cambiereste cognome. Non mi viene però in mente nessun caso famoso in cui sia capitato qualcosa del genere".

Ivano si passa una mano tra i capelli.

"Ma quello, se vogliamo, è il meno – riprende – Tu non sei di qui, non puoi capire. Ogni paese italiano, per quanto piccolo sia, ha una targa, un monumento, qualcosa che commemora qualche crimine commesso dai tedeschi durante la guerra, e ora scopro che mio nonno era uno di loro. O, forse addirittura paggio, era un italiano che si era arruolato con loro".

Gracia si sporge verso di lui e gli accarezza una guancia.

"Capisco il tuo sconforto, ma non puoi farci nulla. Chiunque sia nato tra il 1920 e il 1930 in Italia o in Germania ha dovuto scendere a compromessi con quei regimi".

"Va bene, ma una cosa è avere la tessera del partito – era indispensabile se volevi lavorare – un'altra aver preso le armi e aver ucciso qualcuno. Mio nonno materno negli stessi anni fece l'idraulico, mica il nazista".

La moglie scuote la testa agitando le treccine blu.

"Mi pare che tu stia lavorando molto di immaginazione. Non sai chi sia stato realmente tuo nonno, non potrebbe essere stato solo un italiano che emigrava per cercare lavoro? Non credo che in quell'azienda lavorassero solo ex nazisti".

"Suppongo di no, però mio nonno aveva tra gli amici stretti un ex SS che cinquanta anni dopo lo chiama per avvisarlo che gli è arrivata una foto pericolosa via posta. E non dimenticare che mio nonno conosceva il suo vero nome".

"Giusto. Però magari era solo un funzionario, un burocrate".

Ivano si produce in un risolino sarcastico.

"Certo, un burocrate. Era quello che dicevano anche di Eichmann".

"Il paragone con Eichmann lo stai facendo tu – replica seria la moglie – ma in tempo di guerra ci sono mille maniere per partecipare ad un conflitto senza macchiarsi di nessun crimine. Magari faceva il cuoco, o il telegrafista, o guidava i carri. Mi pare evidente che uno che ha prestato servizio nell'esercito durante una guerra avrà sparato e probabilmente ucciso qualcuno, ma questo vale per la maggioranza degli uomini della sua generazione. Non credo che gli amici tuoi coetanei si struggano pensando a cosa possa aver fatto il loro nonno quando aveva vent'anni".

"Avesse fatto il telegrafista non sarebbe scappato prendendo l'identità di un altro".

Questa volta è a Gracia che sfugge una risatina.

"Ma sei serio? Secondo te un italiano militante nelle SS a guerra finita non sarebbe stato processato? Avrebbe ripreso la vita di prima come se nulla fosse? Sarebbe stato quasi strano non fosse scappato, direi".

Ivano incrocia le braccia sul petto, incapace di ribattere.

Sua moglie ha ragione: può formulare mille ipotesi, ma in quel momento non è in possesso di nessun elemento a sostegno di una o dell'altra tesi.

La donna si alza, tradendo con una smorfia la sofferenza che accompagna ogni movimento.

"Vado un attimo in bagno", spiega, e si allontana, così Ivano prende il telefono e chiama suo padre.

"Papà, avete mai parlato di politica con il nonno? Come la pensava?".

"Non era un argomento che lo appassionasse, però sicuramente era anticomunista. Perché?".

Cosa può dirgli? È ancora presto per raccontargli delle sue congetture.

"Ho trovato biografie di uomini di destra e di sinistra nella sua libreria, non riuscivo a capire".

"Penso che tu ne abbia trovate più di destra", ironizza il padre.

Si salutano.

Ivano posa il telefono accanto a lui e guarda suo figlio, che si volta, gli sorride e torna a concentrarsi sulla televisione.

Il telefonino accanto a lui vibra nuovamente, forse suo padre ha qualcosa da aggiungere.

È Renato, invece.

"Ivano, ho buona notizie, avevi ragione tu!", dice con entusiasmo.

"In che senso?".

"È arrivato l'esito dell'esame del DNA – annuncia – Il corpo nella tomba non è di Augusto Noto!".

Non è di Augusto Noto?

Come è possibile?

"Ivano? Hai sentito?".

"Sì, certo. È che per certi versi non me l'aspettavo".

"Be', direi che conferma la teoria che abbiamo elaborato qualche giorno fa: ha inscenato la sua morte e si è rifatto una vita altrove. Mi spiace che mio padre sia morto senza saperlo, lo avrebbe consolato molto", aggiunge con rammarico.

Come è possibile?

"Tu sei il primo che avviso – riprende con slancio – ma tra un attimo chiamerò il sindaco per comunicargli la novità. Capisci che per una comunità come la nostra è una novità non da poco, avrei piacere che venissi anche tu a raccontare la storia. Posso contare su di te?".

Ivano è investito dal flusso di parole di Renato.

"Sì, certo", risponde per riflesso.

"Tu, piuttosto, hai trovato qualcosa? Sarebbe la chiusura del cerchio", gli chiede ancora.

Cosa deve dirgli?

"No, purtroppo nulla".

Gracia torna dal bagno e lo interroga con lo sguardo.

Lui sillaba *te lo dico dopo* con il labiale.

"Trasmetto ai miei superiori il risultato dell'esame, ti farò sapere cosa mi diranno. Mi raccomando tienimi aggiornato se trovi qualcosa, ricordati cosa ti ho spiegato la volta scorsa sul giudice che dovrà decidere".

"Certo, contaci!".

Posa il telefono e riassume la telefonata a sua moglie.

"Mi pare evidente che non può essere stato sia un partigiano che combatteva contro i tedeschi che un membro delle SS – riassume – Ci deve essere qualcosa che non sappiamo".

La donna riflette in silenzio.

"Secondo te è realizzabile un viaggio in Paraguay?", chiede.

"Un viaggio in Paraguay? Anche potessimo permettercelo – e non possiamo – non sei nella condizione di affrontare un viaggio del genere".

La donna, pur a malincuore, annuisce.

"Allora dovrò provare a fare qualche nuova telefonata, sperando che l'impiegata della Schedler Bock sia ancora collaborativa".

Guarda l'orologio.

"Qui sono le tre, che ore saranno in Paraguay?".

"Ci sono sei ore di differenza, quindi le nove del mattino".

"Ok, direi che è un'ora in cui si può telefonare senza disturbare".

Protende la mano fino al pavimento e recupera il telefonino.

Capitolo 13

Ivano si acquatta ai piedi di un albero e sbircia alle sue spalle.

Attorno a lui è buio, solo la luna splende in maniera vivida e illumina il bosco con pozze di luce che filtrano dai rami; il respiro affannoso e gli occhi spalancati tradiscono la sua paura.

Alle sue spalle, in lontananza ma non troppo, sente le urla concitate da parte dei suoi inseguitori.

Il rumore dei rami spezzati segnala come siano sempre più vicini.

Loro non devono nascondersi, non ne hanno bisogno.

Deve scappare prima di trovarsi alla portata del loro sguardo.

Muove un passo, ma le caviglie sono impigliate negli arbusti e non riesce ad avanzare.

Le sue dita si stringono attorno a quei tentacoli vegetali, ma sono troppo tenaci e non riesce a strapparli.

Come è possibile che in pochi secondi lo abbiano avvinto in maniera così solida?

Le grida sono più vicine, ora non ha più la possibilità di scappare senza essere visto.

Si rannicchia alla base dell'albero sperando che il buio lo inghiottisca, ma loro sono troppi, portano delle potenti torce elettriche e difficilmente passeranno oltre senza vederlo.

Nasconde la testa tra le braccia cercando di farsi piccolo mentre il cuore batte sempre più forte.

Il rumore di rami spezzati si avvicina sempre di più, fino a quando non cessa completamente.

Timoroso solleva la testa, sono attorno a lui.

Sono una dozzina di soldati con una divisa kaki e il doppio fulmine delle SS su fondo rosso sulla spalla.

Hanno tutti il fucile puntato su di lui e sa che quando inizieranno a sparare non avrà modo di sottrarsi al loro fuoco.

Sta per morire.

Alza lo sguardo su quello più vicino a lui per implorare pietà, e vede che è suo nonno.

Un rivolo di sangue scende da sotto l'elmetto e corre lungo il volto, ma non sembra accorgersene.

"Nonno, cosa fai con questa gente?", gli chiede disperato.

Augusto Noto solleva il fucile e glielo punta contro.

"Tu ora muori!", dice.

Spara.

Ivano si sveglia di soprassalto.

Si trova nel suo letto, Gracia sta dormendo accanto a lui e il telefonino di lei sta vibrando sul comodino.

La donna allunga la mano senza aprire gli occhi.

"Pronto?", dice con voce impastata.

Ivano guarda l'ora, è mezzanotte.

Il cuore gli sta ancora battendo forte.

"Buenas noches, gracias por llamar", dice Gracia svegliandosi di colpo.

La donna ascolta la voce dall'altro capo del telefono annuendo ripetutamente.

Ivano va in cucina, prende una bottiglia di acqua dal frigorifero e beve a canna.

Fa caldissimo ed è coperto di sudore, ma questo forse è dovuto anche al sonno movimentato.

La sera prima Gracia aveva richiamato la Schedler Boch ed era riuscita a parlare con l'impiegata che l'aveva aiutata la volta precedente.

Si era scusata per il disturbo e le aveva chiesto se fosse possibile parlare con qualcuno dei colleghi che aveva riconosciuto Carlos Aguirre in foto; la donna le aveva promesso che si sarebbe interessata.

Era sembrata per nulla infastidita quell'insolito diversivo dalla routine quotidiana.

Ivano torna nella stanza da letto, la moglie è ancora al telefono.

"Gracias, eso seria muy amable de tu parte", sta dicendo.

Scambia ancora qualche convenevole, poi chiude la comunicazione.

Guarda verso il marito.

"Allora?", chiede lui.

"Era un certo Pablo, uno dei dipendenti che ha riconosciuto Carlos Aguirre – spiega – Purtroppo non mi è stato molto utile: hanno lavorato assieme solo un paio di anni ad inizio anni Novanta e non è riuscito a darmi dei dettagli, se non dirmi che Aguirre era un uomo molto taciturno e schivo".

"Ah", commenta Ivano deluso.

"Però mi ha detto che vicino a casa sua abita un collega più anziano che è in pensione da alcuni anni e che probabilmente aveva conosciuto sia lui che tuo nonno. Questa sera tornando a casa farà una scappata e se possibile mi ci farà parlare. Porti anche a me un po' d'acqua per piacere?".

L'uomo torna in cucina e torna con la bottiglia d'acqua.

"Ti stavi lamentando nel sonno o sbaglio?", gli chiede dopo aver bevuto.

"Può essere, stavo sognando".

"Cosa?".

"Non ricordo", mente.

Gracia picchia con la mano alla sua sinistra.

"È meglio se ti rimetti a dormire, che se siamo fortunati abbiamo poche ore di sonno davanti a noi".

Sono le quattro e dieci quando Pablo dà nuovamente notizie di sé attraverso un messaggio.

"Ho parlato con Arturo Salazar e suo figlio, chiedono se è possibile contattarvi via Skype".

Gracia sveglia Ivano – immerso in un sonno fortunatamente senza sogni – e gli chiede dove abbia messo l'iPad.

"Dai, andiamo in salotto, non mi piace parlargli mentre siamo nel letto", lo esorta dopo aver risposto positivamente al messaggio.

Quando arriva la chiamata si sono appena spostati sul divano.

Lo schermo si riempie con il volto di un uomo di circa sessant'anni, con radi capelli bianchi pettinati all'indietro. Sopra di lui splende come un'aureola il neon di un lampadario di scarsa qualità.

"Buongiorno, sono Rodrigo Salazar. Il signor Pablo mi ha detto che avete piacere di parlare con mio padre, posso sapere a che proposito? Mio padre è molto anziano e non voglio che si agiti".

Gracia traduce la frase per Ivan e orienta lo schermo in modo da essere entrambi inquadrati.

"Grazie signor Salazar, le garantisco che suo padre non avrà motivi per agitarsi – risponde Gracia sfoggiando il suo miglior sorriso – Mio marito è nipote di un ex collega di suo padre, il quale è venuto a mancare e ha indicato nel testamento il suo vecchio amico Carlos. Abbiamo motivo di credere che si tratti del deceduto Carlos

Aguirre, ma vorremmo avere conferma che non ci stiamo sbagliando da qualcuno che li conosceva entrambi".

Rodrigo Salazar parla a bassa voce con qualcuno fuori campo, poi a sua volta sposta la webcam in modo da inquadrare anche il padre.

Arturo Salazar è completamente calvo e la pelle della faccia è allungata verso il basso, come se la forza di gravità agisse in maniera più intensa sul suo volto.

Su quel volto decisamente anziano – deve essere molto prossimo ai novant'anni – spiccano due occhi azzurri molto vivi.

Saluta e domanda come possa essere di aiuto.

"È molto semplice, signor Salazar – spiega Gracia parlando lentamente come se avesse a che fare con un bambino – Lei ricorda degli episodi da cui possiamo essere avere conferma che Augusto Noto e Carlos Aguirre fossero effettivamente amici? Si ricorda come si erano conosciuti?".

Arturo Salazar sembra bloccarsi per qualche secondo, poi annuisce.

"Nel 1945 venne aperto un nuovo stabilimento a Vera-cuè – inizia a raccontare con una parlata un po' cantilenante – e così l'azienda assunse un gran numero di nuovi operai, almeno una trentina, per lavorarvi. Augusto e Carlos facevano parte di questa tornata di assunzioni".

"Le risulta che loro due si conoscessero già prima di essere assunti?".

L'anziano si gratta la pelle del cranio.

"Non so, io lavoravo nello stabilimento di Asuncion e li conobbi solo un anno dopo, non ho mai avuto notizie in merito".

"Le risulta che si frequentassero anche nel tempo libero?".

"Tanti di noi lo facevano: molti erano qui senza famiglia, era normale vedersi anche nel tempo libero per scacciare la solitudine. Abbiamo anche fatto diverse cene tutti assieme: si finiva di lavorare e magari uno diceva *Venite a casa mia stasera*, e così mentre alcuni andavano a comprare un po' di carne e del vino il padrone di casa andava ad accendere il barbecue. Erano tempi duri ma ci si divertiva. Eravamo anche molto più giovani".

"Quindi anche assieme gli operai dello stabilimento nuovo?".

"Soprattutto con loro. Tenga conto che tutti questi nuovi assunti in principio vennero alloggiati in baracche costruite vicino allo stabilimento; è possibile che Carlos Aguirre e Augusto Noto abbiano anche vissuto assieme per un certo periodo".

"Che tipo era mio nonno?", chiede Ivano.

"Era una persona semplice, e lo dico in senso buono. Lavorava molto e non si lamentava mai, anche quando sorgeva qualche problema. Borbottava qualcosa nella sua lingua, poi si metteva sotto e lo risolveva".

"Carlos Aguirre invece?".

"Neppure lui era un chiacchierone, però era meno rigoroso sul lavoro. Si prendeva le sue pause e almeno un paio di giorni al mese si metteva in mutua, quasi sempre lamentando dolori alla cervicale. Non era un lavativo, intendiamoci, però era chiaro che nella vita voleva fare altro".

"Svolgevano entrambi la stessa mansione?".

"Quando vennero trasferiti ad Asuncion dopo la chiusura dello stabilimento di Vera-cuè erano entrambi alla produzione, poi Aguirre venne spostato alla supervisione. Credo che anche i suoi capi avessero capito che la sua attitudine non era quella di fare le cose".

Arturo Salazar ridacchia, anche se la risata si tramuta rapidamente in un attacco di tosse.

"Però non sto capendo se erano effettivamente amici", lo incalza Gracia.

"So che andavano a caccia assieme, quello lo ricordo con certezza, perché quando rientravano dalle loro battute ne parlavano con tutti. Però solo se erano state proficue, diversamente non dicevano niente a nessuno, come fanno tutti i cacciatori del mondo".

Ridacchia ancora, poi si volta verso il figlio e gli dice qualcosa che il microfono non riesce a carpire.

Rodrigo Salazar si alza e esce dall'inquadratura.

"Carlos Aguirre frequentava qualcuno? Qualche donna intendo", chiede Gracia.

Arturo Salazar scuote la testa.

"No, non ufficialmente. Come tanti frequentava le case di tolleranza nella città vecchia, ma che io sappia non ebbe mai una fidanzata e rimase scapolo fino alla fine".

Ivano sta per fare un'altra domanda, ma in quel momento Rodrigo rientra nell'inquadratura con una scatola di cartone marrone in mano.

Solleva il coperchio e la porge al padre, che vi fruga all'interno per qualche secondo.

"Ecco, qui siamo tutti assieme – dice prendendo una foto e tenendola in mano – Eravamo al matrimonio di un altro collega, mi pare fosse Pedro Damasio".

La orienta verso la telecamera: ci sono quattro uomini seduti a tavola, tutti in completo elegante. Ivano riconosce facilmente suo nonno e Juergen Kumpf posti ai due estremi del tavolo, in mezzo ci sono un uomo con i capelli chiari e uno con gli occhiali da sole.

Esegue uno screenshot dell'immagine.

"Io sono quello senza occhiali – spiega Arturo Salazar – l'altro accanto a me non ricordo come si chiamasse. Andres Ramirez, Andres Morales...".

Rimette la foto nella scatola e riprende a frugarvi dentro.

"E questa deve essere proprio la cena che Augusto

diede prima di tornare in Italia", dice stringendone un'altra tra le dita.

Orienta a favore di camera un'istantanea in cui il nonno e una giovanissima nonna stanno sollevando un calice di vino mentre lei tiene per mano un bambino che deve essere il padre di Ivano.

Anche in questo caso sono vestiti da cerimonia e sono in piedi in un giardino, sull'erba attorno a loro ci sono coriandoli e stelle filanti.

Ivano salva anche quella.

"Qui siamo io e Carlos Aguirre – dice avvicinandone un'altra agli occhi – credo che anche questa sia stata scattata quando Augusto diede la sua festa".

Mostra anche quest'ultima: anche in questo caso indossano l'abito formale, le cravatte allentate e i bicchieri vuoti davanti a loro fanno intuire una giornata particolarmente alcolica.

Ivano esegue una copia anche di quest'ultima.

"In definitiva non mi sembra così strano che suo nonno abbia deciso di lasciare qualcosa a Carlos – dice Arturo Salazar chiudendo la scatola – sicuramente si sono aiutati a vicenda durante i primi tempi e sono cose che la gente tende a ricordare nel tempo, anche quando poi la vita ti porta in direzioni diverse".

"Lei è paraguayano, signor Salazar?", domanda Ivano.

"Sono cittadino del Paraguay, ma sono nato in Argentina. Mi trasferii qui anche io per lavorare quando avevo sedici anni e presi la cittadinanza in seguito".

Rimangono in silenzio per qualche istante, tanto che Rodrigo interviene dicendo: "Se non ci sono altre domande direi che possiamo chiuderla qui. Per noi è tardi e mio padre a quest'ora solitamente è già a letto".

"Avrei solo un'altra domanda", dice Ivano.

Gracia lo guarda interrogativa, ma non lo interrompe.

"Dica".

"Dopo la morte di Carlos Aguirre si scoprì che lui era realmente un ex ufficiale delle SS chiamato Juergen Kumpf. Ne eravate a conoscenza?".

I due Salazar si guardano reciprocamente in viso, il padre sembra sorpreso e turbato.

"Io non sapevo nulla", mormora.

"State scherzando?", chiede il figlio.

"Non lo sapeva?", rimarca Ivano.

La comunicazione si interrompe.

Gracia prova subito a richiamare, ma nessuno risponde.

"Mi sa che non ci risponderanno più", commenta Ivano prendendo una sigaretta.

"Potevi dirmi che avevi intenzione di fargli quella domanda".

"L'ho pensato solo mentre parlavamo. In ogni caso, cosa pensi di questa chiacchierata?", chiede dopo averla accesa.

"Se il nostro obiettivo era accertarci che tuo nonno e Kumpf fossero effettivamente amici direi che non abbiamo più dubbi: andavano a caccia assieme – e questo già lo sapevamo – e ora sappiamo che condivisero parecchi momenti di socialità, soprattutto nei primi anni. Ha ragione Salazar quando dice che le amicizie che stringi in certi momenti della tua vita tendono a pesare in maniera maggiore: pensa ai raduni degli alpini a cui tanti ancora prendono parte a distanza di decenni".

"Sì, è vero. Cosa pensi della storia dello stabilimento sito fuori Asuncion?".

"Non saprei. Tu?".

Ivano aspira dalla sigaretta.

"Salazar se non sbaglio ha detto che vennero presi in blocco una trentina di operai, tra i quali mio nonno e Kumpf, che sappiamo non essere stati propriamente *assunti*.

Se tanto mi dà tanto, direi che è lecito sospettare che anche gli altri fossero della medesima specie".

Picchietta la sigaretta in un posacenere.

"Ma sarebbe stato difficile prendere trenta criminali di guerra e da un giorno all'altro metterli a lavorare in un'azienda senza creare delle situazioni difficili – prosegue – così li sistemarono tutti quanti in questo nuovo stabilimento, sia per nasconderli sia per dare loro modo di assimilare la nuova realtà".

"Abitavano anche assieme, così la comunità locale non avrebbe notato il loro arrivo", osserva Gracia.

"Giusto. E non dimentichiamo un'altra cosa: se mio nonno arrivava con la sua identità italiana e non doveva nascondersi più di tanto, uno come Kumpf si nascondeva dietro generalità paraguayane e bisognava dargli il tempo di imparare lo spagnolo".

"E difatti Salazar si ricorda che parlava poco".

"Ovvio: per quanto uno possa imparare bene una lingua straniera non sarà mai perfetto, soprattutto alle orecchie dei locali, e quindi la maniera migliore per non attirare l'attenzione è parlare poco. Potrei scommettere che la maggior parte di quei trenta erano tedeschi".

Aspira ancora dalla sigaretta.

"Ma dopo un anno ritengono che non sia più necessario tenerli isolati, chiudono il capannone nuovo – in cui sono sicuro che non è stata prodotta neppure una vite – e li spostano nello stabilimento principale. Siamo nel 1946, forse le acque si sono nel frattempo calmate, e forse la Schedler Boch, pur aiutata dai soldi dei nazisti, ad un certo punto potrebbe aver avuto bisogno che anche i nuovi arrivati si mettessero a lavorare".

"Potrebbe essere andata così, in effetti. Ma cosa mi dici di Salazar?".

"In che senso?".

La donna prende l'iPad e recupera gli screenshot delle foto mostrate loro dall'anziano.

"Guarda questa – dice selezionando quella scattata a tavola – Kumpf era un uomo alto, ma direi che Salazar non era certamente più basso: vedi che le spalle sono alla stessa altezza".

"Dici che anche lui...".

"Normalmente il dubbio non mi sarebbe venuto, ma direi che in questo contesto è lecito dubitare che un uomo alto, biondo e con gli occhi azzurri magari non sia nato proprio in Argentina".

"Il figlio mi è sembrato autenticamente stupito".

"Non mi stupisce, dopotutto neppure tuo padre ha mai saputo nulla di tuo nonno".

Ivano spegne la sigaretta.

"Credo che a questo punto diventi impellente andare ad aprire l'armadio a Villa Anastasia".

"Prima andiamo a dormire un po', però".

Capitolo 14

"Buonasera, mi chiamo Ivano Noto, ci siamo sentiti qualche giorno fa per un intervento...".

"Sì, signor Noto, aveva parlato con me e ho l'appunto proprio qui davanti a me", lo interrompe la ragazza con la voce nasale.

Ivano guarda lo specchietto retrovisore e aziona la freccia a destra.

"Mi chiedevo se si fosse liberato uno spazio. Io purtroppo ho molta urgenza", dice nell'auricolare.

"Mi dispiace, ricordo di averle dato delle speranze – risponde la ragazza con un tono che sembra autenticamente rammaricato – ma purtroppo nessuno ci ha dato disdetta. È un periodo molto intenso, come le avevo anticipato".

"Signora, non voglio mettervi in difficoltà, ma per me è veramente importante. Vi pagherei il disturbo, ovviamente", tenta ancora Ivano.

"È importante anche per gli altri, non posso fare preferenze. Però posso fare un giro di telefonate ai prossimi appuntamenti e vedere se tutti confermano, in caso contrario la inserisco volentieri".

Ivano la ringrazia, chiude la comunicazione e sbuffa.

"Magari riusciamo ad aprirla anche senza", dice la moglie seduta accanto a lui.

Avevano avuto una discussione quel mattino poiché Ivano non era d'accordo che venisse con lui, ma lei era stata irremovibile. Avevano lasciato Mirko ai nonni ed erano partiti caricando nel bagagliaio una cassetta metallica piena di attrezzi probabilmente inutili.

Percorre la strada provinciale in silenzio, mentre Gracia sta sfogliando l'iPad.

"Tu sai cos'è uno psicopompo?", gli domanda dopo alcuni minuti di silenzio.

Ivano prima di rispondere controlla con la coda dell'occhio che la moglie non stia scherzando, poi risponde negativamente.

"È comune a quasi tutte le culture, almeno in quelle in cui è presente il concetto di aldilà – spiega seria la donna leggendo sul tablet – Si tratta di una creatura che funge da collante tra il mondo terreno e quello ultraterreno, una sorta di messaggero del regno dei morti. Spesso è una divinità minore, tante volte è un animale come una fiera, altre volte...".

"Un cane", termina Ivano.

"Un demone, veramente", lo corregge la donna.

Un demone.

"Questo spiegherebbe perché tu riesci ad interagire con lui e non con tuo nonno. Non è il nonno che vuole parlarti, ma lui".

"*Caron dimonio, con gli occhi di bragia*", recita Ivano.

La donna lo guarda interrogativa e Ivano ricorda che la sua formazione scolastica non è avvenuta in Italia.

"È la *Divina Commedia* – spiega – Caronte è il traghettatore di anime verso l'Inferno".

Un demone.

Ivano pensa alla webcam fracassata con una violenza selvaggia.

Aveva voluto bene a Hugo, ma deve mettere in conto

che dentro quel corpo ci sia qualcosa di diverso dal cagnolino scodinzolante che aveva conosciuto.

"Ecco, magari la prossima volta che lo vedi fai attenzione", si raccomanda Gracia.

L'auto entra nel centro abitato.

"Dove stiamo andando? – domanda Gracia – Avevo capito che la casa fosse fuori dal paese".

"Andiamo al bed and breakfast, così ti puoi stendere sul letto".

"Sul letto? Io voglio venire con te nella casa del nonno!", protesta.

"*No way*, Gracia. È troppo pericoloso".

"Pericoloso? E perché? Da quello che mi hai raccontato non è mai successo nulla di rischioso".

"Questo non significa che non possa capitare. E poi non voglio che tu ti spaventi, sei incinta".

"So benissimo di essere incinta, ma tu sei matto se pensi che io venga fino a qui e poi rimanga nel bed and breakfast. Gira la macchina!".

Ivano sospira.

Non è d'accordo, ma sa bene che giunto a quel punto non riuscirà a far cambiare opinione a sua moglie.

Si immette nella rotonda successiva e inverte la rotta di centottanta gradi.

Imbocca la strada sterrata e posteggia davanti a casa. Il gelso è ancora spoglio.

"Se hai cambiato idea facciamo ancora in tempo ad andarcene", tenta ancora, ma la moglie neppure risponde.

Spegne il motore e scarica dal bagagliaio la voluminosa cassetta metallica.

"Serve una mano?", si offre Gracia.

Ivano declina l'offerta e gira la chiave nella serratura.

Oggi è il ventidue luglio, l'anniversario della morte

del nonno, e per questo potrebbe essere un giorno diverso dagli altri.

L'ingresso è deserto, l'aria è calda e sa di detersivo per i pavimenti.

Ivano vi trascina dentro la cassetta degli attrezzi mentre Gracia si avventura nella casa.

"Wow, è bellissima! – commenta entrando nella stanza ottagonale – C'è un sacco di spazio, è molto luminosa!".

Sorride, ma quando il suo sguardo si sposta sulla webcam penzolante l'espressione diventa subito seria.

"Andiamo giù, la casa te la mostro dopo", la invita Ivano, mentre scende le scale con andatura resa claudicante dal pesante fardello.

Entra nel laboratorio, va davanti all'armadio blindato e prova a tirare a sé l'anta con la fanciullesca speranza di trovarla aperta.

Non sarebbe la prima stranezza di quella casa, tuttavia è chiusa.

Apre la cassetta degli attrezzi e ne preleva un trapano mentre sente la moglie scendere le scale.

"È qui che hai dormito tu in questi giorni?", gli chiede quando giunge davanti alla sua stanza.

"Sì, era la mia cameretta da bambino".

Sente l'armadio ondeggiare mentre Gracia lo apre.

"Lì dentro c'è uno scatolone con dei giocattoli vecchi, vedi se c'è qualcosa che potrebbe piacere a Mirko", le dice infilando la spina tedesca in una presa a muro.

Preme due volte sul grilletto per verificarne il corretto funzionamento del trapano, poi lo impugna con due mani come fosse un fucile.

Bene, e ora che si fa? Deve inserire la punta nella serratura? Meglio di no, potrebbe incepparla.

Appoggia la punta del trapano sul metallo accanto al nottolino e preme a fondo sul grilletto.

La punta slitta come se fosse sul ghiaccio e Ivano deve stringere più saldamente il trapano per non farselo sfuggire di mano.

Compie un nuovo tentativo tenendolo con maggiore forza, ma la superficie metallica non viene nemmeno scalfita.

Forse le cerniere sono più fragili.

Appoggia la punta in corrispondenza della giuntura metallica, ma l'armadio reagisce con una pioggia di scintille che lo fa balzare indietro.

Fanculo!

Il sudore gli ha appiccicato la maglietta alla schiena, così accende il climatizzatore.

Un fiato di aria fresca esce dal bocchettone.

"Come va?", chiede la moglie entrando nel laboratorio.

"Non va, non abbiamo gli strumenti giusti".

Si volta verso di lei, sta stringendo in mano la casetta in plastica dei Puffi.

"Pensi possa piacere a Mirko?", chiede dubbioso.

Il figlio nemmeno sa cosa siano i Puffi.

"No, non credo. Penso possa piacere a te, piuttosto", risponde con un sorriso furbo.

Agita la casetta e dall'interno si sente il rumore di un oggetto che sbatacchia.

Ivano spalanca gli occhi.

"La chiave?".

La donna annuisce.

"Sembrerebbe".

Gracia solleva il tetto a forma di fungo, preleva una chiave metallica e la porge al marito.

Ivano la inserisce nel nottolino e le fa compiere mezzo giro in senso orario.

La serratura scatta fluida e Ivano spalanca la porta.

Quello che vede gli strappa un fischio tra i denti.

Per fortuna che secondo mia zia non c'era più nulla, commenta tra sé e sé.

Un fucile a canna singola è agganciato alla rastrelliera, una pistola nella sua fondina pende da un gancio.

Nella parte superiore dell'armadio c'è un ripiano, forse originariamente destinato alle munizioni e ora ricolmo di carte e buste.

Prende in mano il fucile e lo soppesa. Non ha mai impugnato un'arma e non ha mai condiviso la passione della caccia del nonno, però avverte subito la sensazione di potenza che un oggetto del genere gli conferisce.

"Cos'è questo?", domanda Gracia.

Sta sbirciando al di sopra della sua spalla sinistra e allunga la mano verso la pistola.

Ivano non l'aveva notato, ma dallo stesso gancio a cui è appesa la fondina pende una catenina d'oro con un ciondolo.

La donna lo stacca e lo esamina tenendolo nel palmo della mano.

"Questo era di Peter", dice con la voce sepolcrale.

"Peter? Chi è?".

"Il ragazzo con cui ero stata al college, quello del messaggio di MTV".

Continua a fissare il pendente come se fosse ipnotizzata.

"Come fa ad essere qui? Sei sicura che sia proprio quello?".

Gracia annuisce.

"Sono sicurissima, glielo avevo regalato io – lo volta – Ci sono una P e una G incise sul retro, vedi? L'avevo fatto personalizzare in un negozio a Lincoln Road a Miami, ci avevo speso gran parte dei miei soldi".

Stringe la medaglietta in pugno e indietreggia di un passo.

"Non mi piace più questo posto, voglio andare via", dice risoluta.

È pallida.

"Te l'avevo detto che non era una buona idea. Ti porto al bed and breakfast".

Chiude lo sportello, gira due volte la chiave e la mette in tasca.

"Dai, andiamo via!".

Prende la moglie per mano e la conduce al piano superiore.

"Stai meglio ora?".

Gracia è seduta sul letto, in mano regge un bicchiere d'acqua nel quale ha sciolto qualche goccia di Buspirone acquistato lungo la strada.

La pala sul soffitto cigola fastidiosamente, incapace di asciugare il rivolo di sudore dalla fronte della donna.

"No Ivano, non sto bene. Non ho avuto un malessere, ho visto qualcosa che non mi aspettavo di vedere".

"Che non dovrebbe esistere", rincara il marito.

La donna alza le spalle.

"Per esistere esiste, anche se non so dove sia finito dopo la sua morte, ma certamente non è possibile che sia arrivato fin qui".

"Dove l'hai messo ora?".

"Nel comodino, non volevo averlo sotto gli occhi".

Ivano si sporge e apre il cassetto, dentro non c'è nulla.

"Sicura di averlo messo qui?".

La moglie allunga il collo per controllare, poi annuisce.

"Sì, nessun dubbio. Ma direi che non è la prima stranezza di oggi, e forse è meglio che sia sparito".

Sospira e si passa una mano tra le treccine blu.

"Io devo andare a controllare cosa c'è in quell'armadio – annuncia Ivano – Posso lasciarti qui?".

Gracia chiude il cassetto e annuisce.

"Certo, siamo qui per quello. Mi spiace, ma io non me

la sento di venire con te. Forse avevi ragione tu e avrei fatto meglio a rimanere a casa".

Il marito si alza in piedi, poi si china e le dà un bacio sulle labbra.

"Vado".

"Fai attenzione e tieni il telefono vicino. Non farmi preoccupare".

L'uomo la rassicura, lascia la stanza e monta nuovamente in auto.

Sarebbe più sereno a saperla a casa, anche in considerazione del suo stato.

La prima gravidanza era stata tranquilla, ma non è comunque il caso che si sottoponga a eccessivi stress, soprattutto emotivi.

Inserisce la marcia e si dirige verso Villa Anastasia.

È preoccupato, e forse per questo non si accorge dell'auto che si stacca dal marciapiede un attimo dopo di lui e lo segue ad una dozzina di metri di distanza.

Renato Noto varca la soglia della casa di riposo e saluta il ragazzo dietro il bancone dell'accoglienza.

"Sono venuto a trovare Erminio, come sta oggi?".

Il ragazzo vestito di bianco fa spallucce mentre con uno stecchino in plastica rimesta un caffè.

"Va a momenti, ma per avere novantacinque anni è piuttosto in gamba. Ieri sera ha guardato con gli altri *Chi vuole essere milionario* e l'ha seguito fino alla fine, conosceva anche diverse risposte".

Getta lo stecchino in un contenitore per la raccolta differenziata e beve il caffè con un solo sorso.

"Mi fa piacere. Vado a parlargli, ci metto cinque minuti".

"Stai pure quanto vuoi, tanto non c'è mai la ressa di gente che viene a trovarlo. Né per lui né per altri".

Anche il bicchierino viene gettato nello stesso contenitore.

Renato risponde con un sorriso amaro e imbocca la scala.

Erminio Lolli, classe 1925, è seduto in poltrona nella sua stanza e guarda fuori dalla finestra.

Nonostante il caldo afoso indossa una camicia azzurra e una giacca da camera scozzese con le iniziali sul taschino, un giornale è ripiegato in grembo.

"Erminio, ti disturbo?".

L'uomo si volta verso il nuovo arrivato, sorride e scuote la testa.

"Vieni Renato, mi fa piacere vederti, siediti – lo invita indicando una poltrona davanti a lui – Anzi, colgo l'occasione della tua visita per chiederti una cosa, visto che lavori in Comune".

Renato prende posto davanti a quello che, parecchi anni prima, era stato il suo insegnante di italiano.

È vedovo da dodici anni e non ha figli, condizione che negli anni ha contribuito ad alimentare il sospetto di una omosessualità mai dichiarata e nascosta da un matrimonio di convenienza, come capitava a molti uomini della sua generazione.

"Ho letto sul giornale di ieri – inizia l'anziano – che sono iniziati i lavori per una nuova scuola nello spiazzo davanti all'Ufficio Postale".

"Sì, dovrebbero terminare per l'anno scolastico successivo al prossimo", conferma Renato.

"Ma perché una cosa del genere? – si lagna – Non ci sono più bambini da noi, è un paese di vecchi ormai. Cosa aveva che non andava la nostra vecchia scuola?".

Renato sospira.

"Non era più a norma, Erminio. Sarebbe costato di più metterla a posto che costruirne una nuova, soprattutto perché così facendo potremo usare dei fondi europei appositamente stanziati per questo genere di interventi".

"E la vecchia scuola? Che fine farà?".

Renato alza le spalle.

"Nulla, rimarrà lì".

Erminio Lolli scuote la testa.

"Così tra una ventina di anni avremo un edificio pericolante in centro e uno inutile in periferia", conclude.

Renato sorride dentro di sé notando l'uso del verbo *avremo*, e non *avrete*; Erminio non ha intenzione di lasciare questo mondo troppo presto.

"Senti, ho bisogno del tuo aiuto e della tua memoria", cambia argomento.

"Allora non ti prometto nulla", scherza l'anziano.

"Ti ricordi di Augusto Noto?", chiede Renato.

"Certo. Ho sentito che hai fatto fare l'esame del DNA ai suoi resti, cosa sta capitando?".

"Non ti sfugge nulla, eh".

"Sai, ho molto tempo da dedicare alle facezie. Come mai questo esame?", insiste.

Renato alza le spalle.

"Per una combinazione che ti risparmio è venuto fuori che un Augusto Noto, con la stessa data di nascita di quello che conosciamo noi, emigrò in Paraguay dopo la guerra, visse lì qualche anno e tornò in Italia, dove morì nel 1995".

"Accidenti! Questa è una notizia importante".

"Molto. Vorrei che guardassi una cosa".

Renato estrae il telefonino e seleziona la foto della battuta di caccia inviatagli da Ivano.

"Guarda la faccia del tizio dentro al cerchio. Potrebbe essere Augusto Noto? Te lo ricordi, no?", chiede.

Porge il telefonino all'anziano, il quale preleva un paio di occhiali dal taschino della giacca da camera e li inforca.

"Potrebbe essere, la forma del mento sembra simile,

anche il naso – sentenzia strizzando gli occhi – La foto è di quello emigrato in Paraguay?".

"Esatto".

"Credi sia lui?".

Gli restituisce il telefonino.

"Potrebbe. Questa notizia forse non ti è ancora arrivata, ma l'esame ha stabilito che il corpo della tomba non è il suo".

Erminio Lolli apre la bocca per lo stupore.

"Be', allora le possibilità che sia lui sono piuttosto alte. Sarebbe bello sapere che si è salvato, fammi però vedere meglio la foto, per piacere. Me la puoi ingrandire per piacere?".

"Certo".

Renato riprende il telefono e usa due dita per allargare l'immagine.

Erminio Lolli lo ferma con un gesto.

"No, ingrandisci il viso dell'uomo accanto a quello che sembra Augusto per piacere".

Renato esegue il compito, poi la ripassa all'anziano.

L'uomo lo guarda per una decina di secondi, poi si fa serio.

"Io so chi è questo", dice picchiettando con l'indice sul vetro del telefono.

Renato alza un sopracciglio.

"Questo? E chi è?".

Orienta il telefonino verso di lui.

"Si chiamava Juergen Kumpf ed era lo *Staffelfuehrer* del comando delle SS qui da noi durante la guerra".

Si toglie gli occhiali e li rimette nel taschino.

"Sei sicuro? – domanda Renato, stupito da tanta precisione – Riesci a ricordarti una cosa del genere dopo tutto questo tempo?".

Erminio Lolli annuisce.

"Anche vivessi mille anni non potrei dimenticarlo: uccise mia madre di fronte a me".

Ivano apre l'armadio e sgancia la pistola dal suo supporto.

Non sa sparare, non ha neppure svolto il servizio militare, tuttavia preferisce averla con sé.

La appoggia sul tavolo di lavoro, poi prende con due mani i documenti conservati sullo scaffale in alto e li deposita accanto alla pistola.

Lo scarafaggio metallico sembra osservarlo poco più in là.

Comincia a spulciarli partendo da quello più in alto.

Come aveva immaginato Gracia si tratta di documenti più importanti che il nonno si era premurato di custodire in un luogo più sicuro rispetto al mobile bar.

Pone da parte l'atto di acquisto della casa, la relativa polizza incendio e altri del medesimo tenore.

In una cartellina trasparente trova le denunce di acquisto e possesso delle armi da caccia e le rimette nell'armadio perché serviranno quando vorrà disfarsene, quindi la sua attenzione viene attirata da una da una busta di carta marrone.

Vi è custodito un attestato emesso dall'*Ente Nazionale per l'Istruzione Media e Superiore*, il quale conferiva ad Augusto Noto il diploma della scuola secondaria d'avviamento professionale a indirizzo industriale.

Riporta la dicitura *ANNO XIV E.F.* ed è contornato da due fasci littori.

Con l'aiuto di Google apprende che "E.F." è l'acronimo che veniva usato per indicare l'*Era Fascista*, il cui inizio era stato convenzionalmente fissato in coincidenza con la marcia su Roma avvenuta il 28 ottobre 1922; quindi quel diploma è stato emesso nel 1936.

È la dimostrazione che suo nonno era chi diceva di essere.

Sarà contento Renato, pensa, rendendosi conto di quanto siano cambiate le sue priorità in pochi giorni.

La mette da parte e prosegue l'ispezione.

Trova il trasferimento di proprietà dell'auto – una Fiat Uno usata – quindi una busta indirizzata a suo nonno con l'indirizzo scritto a macchina.

La apre, dentro c'è una foto.

Trattiene il fiato quando capisce di cosa si tratta.

È in bianco e nero e raffigura due persone: uno è un uomo alto con l'uniforme delle SS e l'espressione dura, l'altro è un ragazzo con lo sguardo basso.

Dietro di loro, perfettamente visibili, ci sono tre corpi stesi a terra.

L'uomo in uniforme non porta ancora gli occhiali ma è certamente Juergen Kumpf, il viso del ragazzo è lo stesso della foto sulla tomba di Augusto Noto, e gli occhi sono sicuramente quelli di suo nonno.

La posa sul tavolo, come se anche solo toccandola potesse essere contaminato da quella realtà così terrificante.

Rimette la foto nella busta e la infila nella tasca posteriore dei pantaloni, poi prende il telefono e avvisa la moglie del ritrovamento.

"È la conferma di quanto sospettavamo – commenta lei dopo il resoconto – Sono molto curiosa di vederla".

"Ce l'ho con me, te la porto dopo. Stai meglio?", le chiede.

"Sì, decisamente. Anzi, mi spiace non essere rimasta lì con te".

"Credimi, sono più tranquillo io a saperti in una stanza di albergo anziché qui".

Incastra il telefono tra la spalla e l'orecchio e raccoglie le carte sparse sul tavolo.

"Intanto abbiamo appena avuto conferma che mio nonno era effettivamente l'Augusto Noto erroneamente creduto morto, ho trovato il suo diploma", aggiunge.

Le descrive sommariamente quanto trovato.

"Almeno uno degli obiettivi è stato raggiunto", osserva la moglie.

Ivano chiude l'armadio e blocca la serratura.

"Già", commenta Ivano, ma il tono di voce tradisce come quell'obiettivo sia ora ampiamente secondario.

"Ora che farai?".

"Penso aspetterò".

"Cosa?".

"Ancora non so con certezza, magari perderò solo del tempo, ma giunto a questo punto voglio venire a capo di tutto questo".

Infila la pistola in tasca e sale al piano di sopra.

Capitolo 15

Ivano spegne in una tazzina di caffè la sua terza sigaretta consecutiva e sbadiglia.

Si trova nella sala ottagonale, seduto sulla poltrona sulla quale qualche giorno prima aveva visto suo nonno.

Il sole sta cominciando a scendere e più di una volta si è domandato se vi sia un senso in quanto sta facendo.

Sta veramente aspettando che il fantasma di suo nonno si materializzi davanti a lui?

Chissà cosa direbbe suo padre se lo sapesse.

Prende una nuova sigaretta e la accende.

C'è una logica in quella attesa o si sta comportando come i bambini che stanno svegli per aspettare Babbo Natale?

Un Babbo Natale un po' sinistro, a dire il vero, e che – a differenza del pacioccone nordico – lui ha effettivamente visto aggirarsi per casa appena qualche giorno prima.

Ma cosa ha visto realmente?

La prima volta sedeva immobile sulla poltrona dove sta ora lui senza dare segnali di averlo sentito, la seconda era al telefono, ma ne ha percepito solo la voce senza vederlo; le altre volte aveva avvistato solo il cane e del nonno aveva sentito solo i passi.

Quali conclusioni trarrebbe se fosse qualcun altro a raccontargli una storia simile?

Cercherebbe di fargli ammettere che una figura seduta nella penombra – per di più nel cuore della notte e appena strappato al sonno – può averlo tratto in inganno, e che una voce può essere imitata, soprattutto se uno non sente l'originale da venticinque anni.

Benché dentro di lui sia ferma la convinzione di aver visto suo nonno, il suo lato razionale sa bene che non può essere vero.

Anche i bambini vedono mostri nell'armadio e sotto il letto, poi crescono, realizzano che è solo la loro fantasia ad averli generati e non li vedono più.

Capiscono che il folletto con la falce accanto all'armadio è in realtà l'accappatoio appeso ad un piolo e che il sospiro che sentono nella notte è solo la caldaia.

Allora cosa ha visto e sentito?

Perché, d'altro canto, è altrettanto vero che non può essere solo immaginazione.

Allucinazioni?

Si sente di escluderle.

Innanzi tutto perché non riesce ad ipotizzare cosa potrebbe averle causate. Non si droga, non fa uso di medicinali, ha bevuto un paio di birre e qualche bicchiere di grappa, ma niente che non gli avrebbe fatto affrontare un alcool test con serenità.

Ma poi, soprattutto, perché le parole di suo nonno hanno avuto riscontro: Juergen "Jugy" Kumpf è esistito realmente e realmente aveva lavorato con il nonno, e mai ne aveva sentito parlare prima, neppure suo padre lo aveva conosciuto.

Come avrebbe potuto ottenere quelle informazioni se fosse stata solo immaginazione?

In aggiunta aveva sentito suo nonno parlare spagnolo, e le frasi che aveva pronunciato si erano rivelate di senso compiuto.

Come avrebbe potuto immaginarsi delle frasi in una lingua che non conosce?

Aspira a lungo dalla sigaretta.

Ragionando per opposti, chi invece è a conoscenza di quegli eventi?

È facile: chi ha mandato le foto a Kumpf e a suo nonno.

La recupera dalla tasca dei pantaloni e la guarda per l'ennesima volta.

Chi l'aveva scattata?

Lo sguardo di Kumpf è rivolto verso l'obiettivo e tiene la schiena rigida, non è uno scatto a sorpresa. Augusto Noto sembra turbato, forse spaventato, ma lui e il tedesco sono uno accanto all'altro e non sembra esserci tensione tra loro.

Alle loro spalle ci sono tre corpi supini, con i piedi rivolti verso l'obiettivo.

I volti non sono distinguibili: al di là del fatto che Ivano non saprebbe comunque riconoscerli, l'angolo dal quale sono ripresi è troppo stretto e rende i lineamenti confusi.

Un tocco di cenere si stacca dalla sigaretta e gli cade sulla coscia, bruciandolo.

L'articolo online non menzionava alcuna busta, segno che Juergen Kumpf probabilmente non l'aveva conservata. Questo aveva fatto sì che nessuno avesse condotto un'indagine in proposito, poiché gli inquirenti avevano dato per scontato che la foto fosse già in suo possesso e che non avesse alcuna relazione con il suo suicidio.

Se non avesse contenuto un implicito ed enorme atto di accusa sarebbe stata probabilmente ignorata.

Yo tambien la recibi.

E ora, a distanza di venticinque anni, cosa sta succedendo?

Sente un rumore al piano di sotto.

Il cuore aumenta i suoi battiti.

L'uomo percorre l'ultimo tratto di strada con i fari spenti e il motore a giri bassi.

Il sole sta per tramontare, ma la poca luce gli è sufficiente per guidarlo.

Passa accanto ad una pianta di gelsi carica di frutti e spegne l'auto, poi apre lo sportello del vano porta oggetti e prende la pistola.

La soppesa in mano, come se stesse valutando se rimetterla nuovamente a posto, poi la infila nella cinta dei pantaloni mimetici e scende dall'auto.

La casa è buia, ma la Ford Fiesta parcheggiata proprio davanti alla porta indica che c'è qualcuno dentro.

Chiude la portiera con cautela e avanza verso l'abitazione.

Che lo show abbia inizio!

Ivano spegne la sigaretta e trattiene il fiato.

Qualcuno sta salendo dal piano di sotto, sente il rumore dei passi.

Se vuole fa ancora in tempo ad alzarsi e correre fuori di casa, ma deve farlo subito, prima che qualcuno o qualcosa emerga dalla rampa di scale.

Nasconde la foto sotto il cuscino della poltrona, poi prende il telefonino, azione la videocamera e lo appoggia al bracciolo della poltrona in maniera tale da inquadrare la porta della sala. Questa volta non si farà trovare impreparato.

Ora i passi sono più vicini.

Apre la bocca per inalare più aria mentre il cuore accelera, con le dita ghermisce i braccioli della poltrona con tanta forza che i polpastrelli diventano bianchi.

Cosa sta per vedere?

Sta per venire a capo di un grande inganno nei suoi confronti o sta per varcare la soglia che divide il terreno dall'ultraterreno?

Una figura si affaccia alla soglia.

Quando lo vede non ha alcun dubbio, e nonostante tutto sorride.

"Ciao, nonno", dice.

Augusto Noto avanza ancora di un passo, poi si ferma ad un paio di metri da Ivano.

Il sole è molto basso e il riflesso della luce sugli occhiali da vista non permette ad Ivano di capire dove il nonno stia indirizzando lo sguardo.

Indossa un completo elegante e una camicia bianca, come se stesse per presenziare ad un evento importante, ma in stridente contrasto nella mano destra stringe un fucile a canna doppia.

"Finalmente ti vedo", dice Augusto Noto.

La voce è quella che Ivano ricorda.

Senza muovere la testa getta lo sguardo verso il telefonino per verificare che stia correttamente funzionando.

"Come è possibile tutto questo? Dove sei stato fino ad ora?", chiede Ivano.

"Sei tu che hai mandato la foto?", domanda il nonno.

"No, che dici? Hai capito chi sono?".

"Ero stato avvisato – commenta l'anziano – E come puoi vedere ti stavo aspettando".

Ivano non capisce.

"Nonno, mi ascolti? Io non c'entro con questa cosa, e devo farti tante domande".

"So bene chi sei, la somiglianza è evidente. E poi, se pure ho tanti difetti, non sono stupido".

Ivano sta nuovamente per replicare, ma tace quando realizza che suo nonno non sta parlando con lui.

Davanti a lui sta scorrendo una specie di film tridimensionale del quale lui riesce a vedere un solo attore, ma che a suo tempo doveva aver avuto anche un altro protagonista.

"Non credere che sia stato facile – continua Augusto Noto – Mi è spiaciuto molto, ma la guerra ti impone delle scelte, e quando devi decidere se salvare te stesso o qualcun altro, scegli te stesso. Non sono stato né il primo né l'unico".

Augusto Noto si accese una sigaretta e guardò nel buio davanti a sé.

Era una bella notte estiva e la temperatura era ancora piacevole nonostante il sole fosse tramontato da un paio di ore.

I grilli frinivano allegri.

Non era un fumatore, ma la sigaretta accesa costituiva il segnale per chi lo stava controllando senza essere visto.

Stringeva un moschetto in mano e si trovava all'esterno di un rifugio ricavato nel rudere di una vecchia stalla sita in altura e non utilizzata in quella stagione.

Dentro dormivano altri sette ragazzi, tra i quali c'erano suoi amici Salvatore e Tommaso; un'ora dopo quest'ultimo avrebbe dovuto dargli il cambio.

Dalla boscaglia emersero una mezza dozzina di uomini, camminando lentamente per non fare rumore.

Portavano la divisa dell'esercito italiano, ma con le spalline delle SS su fondo rosso, come previsto per i membri della divisione Italienische delle Waffen SS.

Gettò la sigaretta a terra e la schiacciò con la punta dello scarpone senza avere inalato nemmeno una nota.

Lui e Salvatore si conoscevano da sempre, come capita ai ragazzi che nascono e crescono nel medesimo paese, anche se Augusto era più giovane di due anni.

Amici in senso stretto non lo erano mai stati, e certamente Salvatore aveva definitivamente pregiudicato la possibilità che lo diventassero quando la settimana precedente gli aveva raccontato che Franca era incinta.

Augusto aveva sentito una stretta al cuore: era inna-morato di Franca Sottile da anni, di quell'amore nasco-sto e non dichiarato che spesso pervade gli adolescenti, immaturo ma non per questo meno intenso.

Franca, la sua Franca, era stata a letto con Salvatore e avevano concepito un figlio, quella stessa Franca che lui progettava di chiedere in moglie una volta che fosse finito il conflitto.

Si sarebbero sposati quanto prima, gli aveva raccon-tato Salvatore con una certa soddisfazione, perché vole-vano fare le cose per bene e crescere il loro figlio come un cristiano.

Augusto gli aveva esternato le sue congratulazioni mentre in silenzio decideva che Salvatore sarebbe morto.

Due giorni dopo si era presentato al comando della ventinovesima divisione delle Waffen SS e aveva chiesto di parlare con l'ufficiale più alto in grado.

Dopo una perquisizione corporale piuttosto brusca e un approfondito interrogatorio sulle sue intenzioni era stato condotto dallo Staffelfuehrer Juergen Kumpf, il quale lo aveva ascoltato con interesse.

I tedeschi erano superiori sia dal punto di vista dell'ar-mamento che numericamente – loro d'altronde erano solo una piccola divisione – ma erano logori da tanti mesi di guerra e desiderosi di chiudere la campagna il prima possibile, così avevano accolto la proposta di Augusto.

Non si erano stretti la mano al termine della trattati-va, sarebbe stato fin troppo ipocrita, ma Augusto ne era uscito con un accordo che prevedeva la salvezza per la sua famiglia e un rifugio all'estero per sé.

Quelli che fino a pochi giorni prima erano i suoi ne-mici passarono accanto ad Augusto e penetrarono nella cascina, mentre uno di loro rimaneva all'esterno con il fucile puntato su di lui.

Meglio non fidarsi dei traditori.

Tutto si esaurì in pochi secondi: il cielo si illuminò del bagliore degli spari, il cui rimbombo coprì anche i pochi lamenti dei ragazzi sorpresi nel sonno.

Poi era sceso il silenzio, anche se i grilli avevano smesso di cantare.

Aveva scambiato la sua vita con quella di altre sette persone.

Lui valeva così tanto? La sua vita valeva sette delle loro?

No, era invece vero che le loro vite non valevano nulla.

Avevano ottenuto qualche successo, ucciso una decina di tedeschi e fatto saltare qualche ponte, ma la sproporzione dei mezzi in campo non giocava a loro favore.

Negli anni a venire si sarebbe ripetuto per centinaia, migliaia di volte che i tedeschi avrebbero vinto comunque, era solo questione di tempo, e lui aveva solo fatto in modo da trarre il massimo profitto da un evento inevitabile.

Se lo sarebbe ripetuto così tante volte che dopo qualche anno avrebbe cominciato a crederci veramente.

"Posso entrare?", chiese Augusto al militare accanto a lui, ricevendo un segno di assenso.

Dentro l'aria era satura dell'odore della polvere da sparo, quelli che fino a poco prima era stati i suoi compagni d'armi giacevano a terra.

Salvatore era stato colpito alla gola e la camicia era intrisa di sangue.

Lo Staffelfuehrer Juergen Kumps si accese una sigaretta e chiamò a sé Mario Richter, un ragazzo altoatesino che in virtù della sua origine fungeva da interprete.

Richter ascoltò le parole del tedesco, poi le tradusse a beneficio di Augusto: tre giorni dopo si sarebbe imbarcato da Genova su una nave diretta verso l'Argentina.

Un fotografo, anche lui in uniforme militare, stava scattando istantanee ai corpi esanimi.

"*Komm her!*", lo chiamò Kumpf.

Il fotografo interruppe il lavoro e corse di fronte all'ufficiale.

"*Mettiti vicino, vuole che facciamo una foto*", disse Richter ad Augusto.

Fece un paio di passi timorosi in direzione del nazista, ancora non abituato a pensare che fossero ora dalla stessa parte e in parte anche timoroso che rompesse i patti, e subito venne abbagliato dal flash.

"*Scambia i vestiti con uno di loro – gli suggerì l'interprete – così nessuno ti verrà a cercare*".

Augusto individuò un ragazzo con la sua corporatura e eseguì l'operazione.

In un altro contesto gli avrebbe fatto schifo indossare gli abiti di un altro, ma in quel momento era altro che lo faceva sentire male.

"*Resta nascosto fino a domani sera dopo il tramonto – gli disse Richter mentre si allacciava i polsini – poi vieni al comando con un bagaglio. Partirete subito*".

"*Partiremo?*".

"*Tu e il capitano Kumpf. Viaggerete assieme*".

Non era stato informato di quel dettaglio e la notizia gli provocò un certo fastidio. Non aveva messo in conto di avere ancora a che fare con quella gente.

"*Probleme?*", gli chiese Kumpf, che evidentemente un po' di italiano lo aveva imparato.

Augusto scosse la testa.

"*No, nessuno*".

Il tedesco gettò la sigaretta a terra, si calcò il berretto sulla testa ed uscì, imitato dagli altri.

Augusto aspettò che non fossero più in vista, poi si accovacciò e vomitò.

Capitolo 16

L'uomo gira attorno alla casa.

L'ha studiata il giorno prima e sa che il passaggio migliore da cui entrare è attraverso una finestra al livello sottostante.

Ivano Noto è al piano terra e se lui sarà sufficientemente accorto non sentirà alcun suono.

Si porta accanto alla finestra del laboratorio e tende l'orecchio.

Sente la voce di Ivano, ma probabilmente sta parlando al telefono perché non ode nessun altro.

Impugna la pistola e con il calcio sferra un colpo secco al vetro.

Si irrigidisce in attesa di qualche reazione, ma Ivano sta continuando a parlare, segno che non ha sentito nulla.

Introduce un braccio attraverso l'apertura e ruota la maniglia.

La finestra si apre verso l'esterno, depositando sul prato altri frammenti di vetro.

L'uomo si issa all'interno.

È buio, e anche se la serata è limpida i suoi occhi ci mettono un po' ad abituarsi all'oscurità.

Passa accanto agli scaffali attento a non urtare nulla, poi intravede qualcosa sul tavolo accanto a lui che gli fa compiere uno scarto repentino di lato.

Uno scarafaggio enorme!

Con la schiena si schiaccia contro l'armadio blindato senza staccare gli occhi dalla creatura e paralizzato dalla paura, ma dopo qualche secondo si rende conto che si tratta di un oggetto inanimato.

Il suo respiro torna regolare.

Fanculo, insetti di merda!, dice tra sé.

Imbocca le scale, salendo due scalini alla volta per far meno rumore.

Cosa sta facendo Ivano al buio?

Stringe la pistola e emerge nell'ingresso di Villa Anastasia.

"Sono sopravvissuto a pericoli ben più letali di un pezzo di merda che vuole ricattarmi", dice il nonno alzando la voce e rendendola minacciosa.

Imbraccia il fucile e lo stringe con due mani.

Ivano infila una mano in tasca e stringe il calcio della pistola, anche se dubita che quell'arma possa essere di qualche utilità contro una persona morta da venticinque anni.

"Nonno, riesci a sentirmi?", chiede ancora con poche speranze.

"Pensavi che sarei crollato in ginocchio implorando pietà?", prosegue Augusto Noto.

"Juergen è stato un crudele figlio di puttana da giovane, ma ultimamente era parecchio invecchiato e sei riuscito a sorprenderlo. Però ti do una notizia: io sono più giovane, e non sono qui per farmi mettere sotto".

Si accendono i lampioni per strada e illuminano il volto di Augusto Noto.

Ora Ivano non ha dubbi: sta guardando proprio verso di lui.

Non sono gli occhi del nonno, non quelli che ha sempre conosciuto.

Sono come due buchi, neri e allo stesso tempo luminosi.

Sono occhi attraverso i quali si può intuire l'abisso dal quale proviene.

"Tu ora muori!", gli dice, e carica il fucile.

L'uomo nel corridoio si mette rasente al muro.

Il sole ha finito di tramontare e si è accesa l'illuminazione stradale, una lingua di luce si disegna sul pavimento, ma il resto del corridoio è al buio.

Dalla sua posizione non riesce a capire dove sia Ivano, sebbene abbia sentito la sua voce solo un attimo prima.

Un suono leggero proviene dalle sue spalle, come un ticchettio.

Ruota la testa in quella direzione e spalanca gli occhi soffocando un urlo di paura.

A pochi metri da lui uno scarafaggio grosso come un cane lo sta fissando, protendendo le lunghe antenne nella sua direzione come se fossero dei sensori.

Quell'uomo non ha mai letto *Le Metamorfosi* di Kafka – non ha invero mai letto nulla – e non dubita che dietro quelle sembianze possa invece esserci qualcosa che non capisce.

Due larghi occhi inespressivi sono puntati su di lui, mentre le antenne continuano ad agitarsi.

Gli punta la pistola contro.

Lo scarafaggio non sembra intimorito dall'arma e scatta nella sua direzione con la rapidità irreale di quegli insetti.

L'uomo preme il grilletto due volte, poi si volta e urlando corre verso il salone.

Ivano vede il nonno armare il fucile.

"Fermo, cosa fai?", urla, e allo stesso tempo estrae la pistola.

Non ha mai sparato prima, tuttavia la punta davanti a sé.

Quel fucile è in grado di ferire qualcuno o si tratta di una proiezione come l'uomo che lo sta imbracciando?

La sua domanda trova una risposta quando una fiammata si sprigiona dalla canna del fucile e una fitta di dolore si propaga alla spalla di sinistra.

Il nonno ricarica.

Ivano solleva la pistola per prendere la mira e sparare, ma il movimento fa fuoriuscire un getto di sangue dalla ferita e gli strappa un lamento.

Il nonno spara di nuovo, colpendolo ancora sulla stessa spalla.

Ivano urla, e mentre sta per premere il grilletto vede un uomo sanguinante irrompere nella sala.

Alle sue spalle c'è Hugo che lo rincorre con le fauci spalancate.

Ivano spara.

Capitolo 17

Si trova al buio, immerso in una specie di liquido amniotico.

Annaspa cercando di capire dove si trovi, poi vede una feritoia luminosa verso la quale si dirige.

Apre gli occhi e la luce gli ferisce le retine, tanto che la prima reazione è di chiuderli nuovamente.

Torna ad aprirli, con cautela, e questa volta riesce a mettere a fuoco senza provare dolore.

Si trova in un letto e accanto a lui, seduta su una sedia, c'è Gracia, che non appena si accorge del suo risveglio gli prende la mano e lo chiama per nome.

Ivano prova a mettersi a sedere, ma le forze non lo assecondano.

"Dove sono?", chiede.

La luce e il colore delle pareti non gli sono familiari, ma prima che la moglie abbia il tempo di rispondergli lo capisce da solo: una flebo è conficcata nel suo avambraccio sinistro e un tubicino fuoriesce dalla bocca.

"Sei in ospedale", conferma Gracia.

Sorride premurosa e gli accarezza la mano.

"Non ti affaticare, però", si raccomanda.

"Cosa è capitato?", domanda Ivano.

La voce è un impastata come se fosse reduce da una sbronza memorabile.

"Qualcuno ti ha sparato – risponde la moglie – Una ragazza che faceva jogging attorno alla casa di tuo nonno ha sentito gli spari ed è andata a controllare cosa stesse capitando. Si chiama Mara, sostiene di conoscerti".

Ivano annuisce.

"Sì, deve essere quella che lavora al minimarket – conferma – Da quanto sono qui?".

"Da ieri sera – guarda l'ora – Ora sono le tre del pomeriggio, sono circa quindici ore".

"Vedo che si è svegliato", dice qualcuno alla destra di Ivano.

Gracia si volta in quella direzione, ma quando Ivano prova ad eseguire lo stesso movimento sente una fitta alla base del collo che lo dissuade.

Un uomo sulla quarantina in camice azzurro entra nel suo campo visivo.

Porta la barba incolta e sotto il braccio tiene una cartellina rigida di plastica blu.

"Stia tranquillo e non muova la testa: ha una ferita al trapezio che non è il caso di sollecitare", lo ammonisce.

"Cosa mi è successo?".

Il medico abbozza un sorriso.

"È stato colpito da due proiettili: uno all'altezza dell'omero, un altro sul bicipite – con un dito indica su se stesso i punti menzionati – La fortuna lo ha assistito, perché non solo non è morto, ma non ha neppure fratture. Ha perso molto sangue e le fibre muscolari sono danneggiate, ma confido che riuscirà a tornare come prima in un paio di mesi. Forse tre".

"Potrò suonare il piano dopo?", domanda.

Gracia lo guarda stupita, ma il medico ha intuito lo scherzo e risponde a tono: "Se non lo suonava già prima temo di no, mi spiace".

"Peccato", commenta Ivano.

"Visto che è di buon umore – prosegue il medico – c'è qualcuno che vorrebbe parlarle".

Rivolge un cenno a qualcuno posto appena oltre la soglia e un attimo dopo un uomo calvo con il pizzetto si materializza accanto al medico. In mano regge una valigetta di pelle marrone e, nonostante il caldo torrido, indossa una giacca stazzonata di lino blu. Tutti i vestiti gli stanno stretti, come se fosse ingrassato senza rinnovare il guardaroba.

"Sono il commissario Artico – si presenta – se se la sente avrei delle domande da porle".

Ivano annuisce.

"Prego, sono abbastanza libero".

"Tanto per iniziare, ci può raccontare cosa è successo?".

Ecco, siamo alla prima domanda e già iniziano i problemi.

Ivano simula una smorfia di dolore per prendere tempo e formulare una versione credibile.

Sceglie di guadagnare tempo.

"Non posso aiutarla. Ricordo che ero seduto in poltrona in casa mia e poi all'improvviso mi sono svegliato qui. Non so cosa sia capitato".

Il poliziotto si gratta la nuca.

"Noi siamo stati chiamati da una ragazza che, facendo jogging poco lontano, ha sentito dei colpi d'arma da fuoco – racconta – Quando siamo arrivati abbiamo trovato lei seduto in poltrona e privo di conoscenza. In loco c'erano parecchie tracce di sangue appartenenti a due differenti gruppi sanguigni, segno che c'era qualcun altro con lei. Abbiamo trovato una finestra infranta al piano sottostante, probabilmente è entrato da lì".

Un'altra persona?

"Quando siamo intervenuti – prosegue il poliziotto – abbiamo trovato accanto a lei il suo telefonino e, con l'aiuto di sua moglie, l'abbiamo sbloccato. Era stato utilizzato per riprendere un filmato: io l'ho già visionato, ma mi piacerebbe rivederlo assieme a lei. Se se la sente, ovviamente".

Ivano annuisce, mentre Gracia fruga nella borsa, recupera il telefono e glielo porge.

Ivano apre la cartella "Foto" e seleziona il file più recente.

Sul display compare l'inquadratura della porta della stanza ottagonale. L'immagine tremola mentre Ivano sistema il telefono sul bracciolo, e dopo qualche momento si sente la sua voce dire: *"Ciao nonno"*.

La videocamera sta inquadrando il vano della porta, all'interno del quale non c'è nessuno.

"C'era suo nonno con lei?", chiede il poliziotto.

Ivano guarda subito la moglie, che scuote il capo in maniera impercettibile, come a dire *non ho detto nulla*.

"No, è mancato venticinque anni fa. Forse mi ero addormentato", inventa Ivano.

"Come è possibile tutto questo? Dove sei stato fino ad ora?", sente dire da se stesso.

Ivano non commenta, sa che il poliziotto ha già visionato il filmato ed è consapevole che la sua voce si sentirà ancora più volte.

"No, che dici? Hai capito chi sono?".

"Sembra proprio che stesse conversando con qualcuno", commenta il poliziotto. Il tono sembra leggermente inquisitorio.

"Probabilmente sognavo", insiste Ivano.

La videocamera continua ad inquadrare il vano della porta mentre Ivano prosegue nel suo soliloquio.

Fermo, cosa fai?

Un attimo dopo un uomo in tuta mimetica fa irruzione urlando.

Il telefonino traballa mentre si vede Ivano sollevare la pistola, poi la stanza si illumina per il bagliore dello sparo.

L'immagina impazzisce mentre il telefono scivola dal bracciolo, poi diventa nera, segno che è atterrato sul pavimento dal lato della telecamera.

"Può interrompere la riproduzione – dice Artico – non c'è altro".

Nessuno parla per qualche secondo, poi è nuovamente il poliziotto ad intervenire.

"Lei conosce quella persona?".

Ivano manda nuovamente in esecuzione l'ultima parte del filmato e lo blocca nel momento in cui la sagoma dell'uomo attraversa la soglia, poi annuisce.

"È il padre di una mia studentessa, si chiama Pietro Colagrossi".

"È sicuro?".

"Sì, l'ho incontrato un paio di volte".

"Mi scusi un attimo, allora".

Il poliziotto estrae il telefonino dalla tasca della giacca e lo porta all'orecchio.

Declama al suo interlocutore le generalità dell'aggressore invitandolo a diramare un comunicato, poi chiude la comunicazione.

"Le risultano dei motivi per cui quest'uomo ce l'avesse con lei?".

"Quest'anno sua figlia è stata bocciata, anche in conseguenza del mio giudizio. Qualche giorno fa mi aveva telefonato insultandomi, ma non pensavo sarebbe arrivato a tanto".

"Abbiamo trovato delle tracce di sangue accanto all'ingresso e poco oltre, segno che dopo la sparatoria deve essere uscito di lì. E nel prato c'era questo".

Apre la valigetta in pelle ed estrae una pistola avvolta in un sacchetto di plastica trasparente.

La porge a Ivano senza toglierla dall'involucro.

"La riconosce?".

Ivano la prende in mano e la esamina per qualche istante, poi scuote la testa.

"No, non è mia", dice restituendola.

"Dobbiamo quindi supporre che sia di Colagrossi. Però c'è un problema: questa non è una pistola".

"In che senso?", chiede Gracia.

"Nel senso che è una riproduzione – spiega rimettendola nella borsa – È fatta bene e il tappino rosso che la legge impone alle armi giocattolo è stato limato per renderla più credibile, però non spara, fa solo rumore. Una scacciacani, insomma".

"E allora come si spiega che mio marito sia ferito?", domanda Gracia.

"Non si spiega, infatti. C'era qualcun altro con lei oltre a Colagrossi?", chiede Artico rivolgendosi all'uomo sdraiato sul letto.

Ivano scuote la testa.

"Mi spiace, ma io non ricordo nessun altro. Non ricordavo neppure Colagrossi, a dire il vero".

Il poliziotto annuisce con aria un po' delusa.

"Perché lei aveva una pistola con sé, signor Noto?".

"Apparteneva a mio nonno. Poco prima avevo messo in ordine il suo armadio e l'avevo presa per esaminarla. L'avevo messa in tasca e evidentemente mi sono dimenticato di rimetterla a posto".

Il poliziotto solleva un sopracciglio.

"Signor Noto, ho una certa familiarità con le armi, e mi permetta di dirle che è impossibile tenere una pistola in tasca senza rendersene conto. Non è un accendino".

Come fanno i criminali a farla franca con la polizia? Gli ha rivolto solo due domande e già sta annaspando.

"Commissario Artico, qualcuno si è introdotto in casa mia e mi ha sparato – protesta Ivano cercando di mantenere la voce ferma – eppure dalle sue domande sembra che sia io a dover rispondere delle mie azioni. C'è qualcosa che mi sfugge?".

Il poliziotto incrocia le braccia sul petto.

"Il mio mestiere è cercare di fare chiarezza su quanto è successo e lei è uno dei due che può aiutarci. Non è accusato di nulla".

Il poliziotto dice qualcosa sottovoce al medico, che annuisce in risposta.

"Signori, io devo andare – annuncia l'agente – Signor Noto, le faccio i miei auguri di pronta guarigione; se dovesse venirle in mente qualcosa che ora non ricorda non esiti a contattarmi".

Estrae dal portafoglio un biglietto da visita e lo porge a Gracia, poi si allontana a passo spedito.

Il medico attende che Artico si sia allontanato, poi sospira.

"Ora che siamo tra noi e il clima è meno formale, ha voglia di dirmi cosa è capitato?".

Lo sguardo che rivolge ad Ivano significa *siamo tra amici, puoi fidarti.*

Ivano quasi si mette a ridere.

Ecco la pantomima del poliziotto cattivo e il medico buono.

"Avete visto tutti il filmato: probabilmente stavo dormendo e ho parlato nel sonno. In questo momento credo che la priorità sia trovare una persona che si è introdotto in casa mia e mi ha ferito", ribadisce.

Il dottore serra le labbra e annuisce, poi consulta la scheda clinica di Ivano.

"Ora la lascio, passerò ancora questa sera dopo la cena".

Sembra seccato di non aver ricevuto una risposta esauriente.

"Quanto dovrò rimanere qui?".

Il medico fa una smorfia.

"Dipende dalle analisi, ma direi almeno quattro giorni. Ci vediamo dopo".

Gira i tacchi e si dilegua oltre la porta.

Gracia tiene lo sguardo fisso sulla porta per diversi secondi, poi – accertato che il medico si sia allontanato – si rivolge al marito.

"Cosa è successo? Chi ti ha sparato?", gli chiede a voce bassa.

Ivano si schiarisce al gola e comincia a raccontare, iniziando da quando ha visto il nonno entrare nella sala ottagonale.

"Per quale motivo tuo nonno ti ha visto questa volta?", domanda Gracia al termine del resoconto.

"Non sono sicuro mi abbia effettivamente visto – osserva Ivano – parlava e si comportava come se di fronte avesse un'altra persona, quella che effettivamente l'ha ucciso".

Stringe i denti mentre una fitta di dolore gli attraversa il collo.

Rimangono in silenzio per qualche istante, poi: "Senti, fammi una cortesia – le dice – Non dire nulla di tutto questo ai miei genitori, neppure che sono stato ferito. Dì loro che mi sono sentito male: un calo di zuccheri, una colpo di caldo, ma non farli preoccupare e soprattutto non farli venire qui" .

La donna annuisce. "Ci proverò, ma non sono brava a mentire".

"Sono sicuro che sarai convincente. Come stai tu, piuttosto?", le chiede indicando la pancia.

"Bene, ora che ti sei ripreso. Ma mi sono spaventata molto".

"È stato un bene che tu non sia rimasta, non mi sarei perdonato se ti fosse successo qualcosa".

La donna si avvicina al letto del marito e lascia che

lui la cinga con un braccio, seppur con un movimento un po' rigido.

Gli antidolorifici stanno cessando il loro effetto.

Una fitta di dolore strappa Ivano ad un sonno già molto irregolare e tormentato.

Apre gli occhi sperando che sia già mattino, ma attraverso la finestra vede trapelare solo la luce dei lampioni.

Butta lo sguardo verso la sedia accanto al letto, ma poi ricorda di avere insistito affinché Gracia tornasse al bed and breakfast.

Il display del telefonino lo informa che sono solo le tre e venti.

Si volta dall'altro lato sperando di riprendere sonno in fretta, la sveglia negli ospedali è mattiniera.

Il petto gli fa ancora male nonostante l'antidolorifico goccioli regolarmente nella flebo.

Chiude gli occhi e cerca di assopirsi nuovamente, ma sente che il sonno l'ha abbandonato.

Non si stupisce, è reduce da circa venti ore di riposo e il dolore al braccio è piuttosto tenace.

La sua mente va agli ultimi momenti trascorsi a Villa Anastasia.

Il nonno non era stato catturato dalla telecamera del telefonino.

Quali conclusioni deve trarre? Non c'era nessuno di fronte a lui?

Neppure le onde radio vengono impressionate in foto, ma questo non significa che non esistano.

Qualcuno si lamenta in una stanza e un attimo dopo sente dei passi rapidi nel corridoio.

Non ha mai sperimentato degli allucinogeni, ma dubita che potrebbero indurlo a vivere delle esperienze così nette e definite come quelle della sera prima.

E i proiettili?

Al poliziotto ha dichiarato di non ricordare nulla, però invece ha ben vivida l'immagine del nonno che gli spara e la sensazione di dolore alla spalla.

Non è stato Colagrossi a sparargli, ne è certo.

Si sdraia sulla schiena e chiude gli occhi.

La spalla sembra pulsare, non prenderà mai sonno finché continua a sentire dolore. Potrebbe chiamare un'infermiera e chiedere di aumentare il dosaggio dell'antidolorifico.

Fa perno sul fianco sinistro per permettere alla mano destra di raggiungere il campanello e così facendo nota una macchia nera sul pavimento accanto a lui.

Dopo un istante la macchia cambia forma e guarda verso di lui.

È Hugo.

"Cazzo ci fai qui?", chiede sottovoce.

Il cane risponde scodinzolando.

Ivano preme un pulsante che provoca il trillo di un campanello nel corridoio, un attimo dopo dei passi vengono nella sua direzione.

Guarda di nuovo verso Hugo, ma questa volta il pavimento è vuoto.

Chiude gli occhi e poggia la testa sul cuscino.

"Che succede?", chiede l'infermiera portandosi accanto al letto.

"Ho bisogno di dormire", dice tenendo gli occhi chiusi.

Capitolo 18

Sente un suono provenire dalla sua sinistra.

Apre gli occhi preoccupato di cosa potrebbe trovare, ma accanto a lui, appoggiato al muro, c'è il commissario Artico.

"Buongiorno", lo saluta il poliziotto.

Ivano si stropiccia gli occhi.

"Cosa ci fa qui? Non c'è mia moglie?", chiede con la voce impastata.

"Io sono venuto ad aggiornarla con le ultime novità, sua moglie è andata al bar a fare colazione".

Si puntella con il braccio destro per appoggiare la schiena alla spalliera dietro di lui.

"Novità? Quali novità ci sono?".

"Abbiamo trovato il suo aggressore, Pietro Colagrossi".

Ivano recupera gli occhiali dal comodino e li inforca. Ora il commissario è più nitido.

"Bene. Dove l'avete trovato?".

"Nella sua auto in un prato ad una ventina di chilometri da qui. Dopo essere uscito da casa sua si è messo alla guida, ma era anche lui ferito ed è stato costretto a fermarsi. È stato trovato questa notte da una coppia che tornava dalla discoteca. Ora sta in un letto due stanze più in là – indica alle spalle di Ivano – È piantonato e lei non deve temere nulla".

"Speriamo", mormora Ivano.

"Gli abbiamo chiesto dell'aggressione e se sia stato lui a spararle".

"Cosa ha risposto?".

Il commissario Artico incrocia le braccia sul petto.

"Ha negato. Giura di aver avuto con sé solo l'arma finta, aveva solo intenzione di farle prendere uno spavento per vendicarsi della bocciatura della figlia".

A Ivano sfugge un risolino.

"Mi stupirei del contrario: sarà anche uno stupido, ma sa bene che un'aggressione a mano armata è più grave di una senz'arma".

"Ha dei precedenti, lo sapeva?".

"A scuola si diceva fosse stato in carcere, ma non ne avevo certezza. Per quale motivo?".

Il poliziotto estrae un blocco dalla tasca interna della giacca e sfoglia qualche pagina prima di trovare l'appunto giusto.

"Una rissa in birreria a ventidue anni, possesso di stupefacenti a ventotto, un'altra rissa a trenta unita a resistenza a pubblico ufficiale. Gli diedero sei mesi, successivamente ridotti a tre".

Chiude il blocco con un rumore secco e lo rimette in tasca.

"Mi spiace per sua figlia, non deve essere facile crescere con un padre così – commenta Ivano – Non capisce nulla di matematica, ma mi sembra una brava ragazza".

"Tornando a noi – riprende il poliziotto – nel filmato, quando si vede Colagrossi entrare nella stanza, in mano stringe una sola pistola, ed è quella che abbiamo trovato. La scacciacani".

"Magari ne aveva un'altra in tasca".

Il commissario Artico scuote la testa.

"Non credo, anche perché i proiettili che abbiamo

estratto da lei sono dei pallini da caccia da 2,5 millimetri. Da fucile, per la precisione".

Ah...

Il poliziotto lo guarda dritto negli occhi per qualche istante, come se si aspettasse qualche commento da parte dell'uomo sdraiato nel letto, poi prosegue.

"Giusto per azzardare un'ipotesi, non è che lei stava aspettando Colagrossi?".

"Io? Per nulla, neppure sapevo fosse nei paraggi?".

"Eppure lei era seduto da solo, al buio, con una pistola carica accanto a sé".

"Come le ho detto, l'avevo presa per guardarla".

"E poi, non appena Colagrossi fa irruzione, cominciano a partire le pallottole".

"E secondo lei cosa sarebbe successo?".

"Che lei è stato minacciato da Colagrossi per telefono, l'ha invitato qui e gli ha teso un agguato".

Ad Ivano sfugge una risatina.

"Io avrei organizzato una sparatoria perché uno mi ha minacciato al telefono? Lei non mi conosce, ma non le sembra un po' esagerato".

"La maggior parte dei crimini in cui mi imbatto sono conseguenze di reazioni esagerate, mi creda".

"Senta, non voglio fare quello che insegna il mestiere agli altri – aggiunge – però l'unico che abbia dimostrato un atteggiamento aggressivo è Colagrossi, e l'unico che ha ordito qualcosa per irrompere a casa mia è sempre lui. Io insisterei con lui".

"Ecco, ha detto bene: non vuole insegnarmi il mestiere, e allora non lo faccia".

Ivano solleva una mano in segno di pace.

"D'accordo, era per farle sapere cosa penso. Ma Colagrossi cosa dice? Quale è la sua versione dei fatti? Perché se ci fosse stato qualcuno nella stanza con me lui l'avrebbe sicuramente visto. Io personalmente non ho ricordi".

Si sente come il giocatore di poker che va a vedere con una coppia di dieci senza conoscere le carte degli altri.

"Glielo abbiamo chiesto, ma ci ha fornito una risposta piuttosto sconcertante".

Sconcertante? Aveva visto il nonno?

"Ha riferito di essere stato aggredito da uno scarafaggio gigante", conclude il poliziotto, e ridacchia.

"Uno scarafaggio?", ripete Ivano.

Il commissario Artico annuisce.

"Così dice, e oltre tutto dall'analisi del sangue risulta negativo sia all'alcool sia agli stupefacenti. Il sole era tramontato e le luci erano spente, lei ha idea di cosa potrebbe averlo tratto in inganno?".

Gli riaffiora l'ultima immagine registrata dal suo cervello prima di perdere conoscenza, quella di Colagrossi inseguito da Hugo.

Un demone.

Scuote il capo nuovamente.

"No, non ho idea, mi spiace".

Artico consulta nuovamente il blocco note.

"Però qualcosa c'era, perché Colagrossi è ferito al polpaccio e alla coscia, e le lesioni sono compatibili con dei morsi di animale".

Ivano sospira sollevato.

"Meno male. Cioè, mi spiace sia ferito, ma temevo di averlo colpito io".

Ad Artico sfugge un risolino.

"Con quell'arma?".

Ivano lo guarda perplesso.

"La pistola che lei aveva in mano – spiega il poliziotto – era una Colt M1911 di fabbricazione argentina. È molto imprecisa: io so usare le pistole, ma con quell'arma credo che faticherei a centrare un bersaglio fermo posto a più di cinque metri, figuriamoci uno che non sa sparare e per di più preso dal panico".

Gracia entra nella stanza a passo spedito e si blocca quando vede il poliziotto.

"Buongiorno signora", saluta Artico con un leggero inchino.

"Non sapevo fosse qui, mi ha quasi spaventato", dice Gracia.

In una mano tiene un sacchetto di carta, nell'altra stringe il telefonino.

Si accosta al marito e lo bacia sulle labbra.

"Come stai? Hai dormito?".

"Sì, come un bambino", mente.

"Ho sentito i tuoi, gli ho detto che hai avuto un calo di pressione e che ti hanno trattenuto in ospedale per accertamenti – dice mostrando il telefonino – Si sono spaventati, ma credo di essere stata convincente perché non hanno parlato di mettersi in viaggio".

"Brava".

"Mirko è un po' fastidioso, ma mi hanno detto che si sta comportando bene".

Ivano guarda in direzione del commissario, comunicandogli silenziosamente come la conversazione sia privata.

Il poliziotto sembra capire, perché porge la mano a Gracia e ad Ivano e saluta.

"Come sempre, per qualunque aggiornamento chiamatemi", si raccomanda.

È ancora una volta notte fonda quando si sveglia.

Il collo gli fa male e non è abituato a dormire sulla schiena.

Non appena apre gli occhi il suo sguardo va al pavimento dove la sera prima aveva visto Hugo.

Non c'è nulla.

Tira un sospiro di sollievo, ma il fiotto d'aria gli rimane nei polmoni quando solleva lo sguardo.

Sulla sedia usualmente occupata da Gracia è seduta una persona.

È buio e non riesce a distinguere i lineamenti, ma sa bene di chi si tratta.

Augusto Noto è seduto con la schiena eretta e tiene le mani sulle ginocchia.

"Mi riesci a sentire?", chiede sottovoce.

Non c'è nessuna reazione.

"Sei veramente qui?", chiede alzando di poco la voce.

Ancora nessuna reazione.

Allunga la mano e aziona il campanello.

Capitolo 19

Il medico saluta e lascia la stanza tenendo la cartellina sotto al braccio.

Sono appena le otto del mattino, ma in ospedale l'attività è a pieno regime già da un paio di ore.

Ivano è ormai al quarto giorno di ospedale e dove prima c'era l'ago della flebo ora c'è un cerotto, anche se la ferita al braccio gli fa ancora male.

Mezz'ora prima un'infermiera l'ha sbendato, medicato e ribendato, però non è più obbligato a rimanere sdraiato e si è messo seduto a gambe incrociate sul materasso.

Gracia è rimasta al bed and breakfast: non si sente molto bene e Ivano le ha chiesto di non affaticarsi inutilmente.

Lui sta meglio e non è necessario che lei stia seduta tutto il giorno su una sedia scomoda.

Scorre sull'iPad le immagini della sua bacheca di Facebook, ma non trova nulla di interessante.

È in uscita un nuovo album degli AC/DC, ma la notizia non lo scalda particolarmente.

"Buongiorno", sente.

Solleva lo sguardo sul commissario Artico che sta entrando di buon passo.

"Buongiorno", saluta di rimando con poco entusiasmo.

"Un po' meglio oggi, vero?".

Ha un tono di voce falsamente gioviale che lo irrita subito.

"Parrebbe, se tutto va bene domani mi dimettono".

"Mi fa piacere. Sono venuto a dirle che abbiamo fatto un nuovo sopralluogo a casa sua. Casa di suo padre, intendo".

Posa l'iPad sul comodino giacchè quella conversazione si preannuncia lunga.

"Cosa cercavate?".

Il poliziotto si accomoda sulla sedia usualmente usata da Gracia.

"Voglio essere sincero, ero piuttosto perplesso delle dinamiche dell'altra sera: Colagrossi inseguito da uno scarafaggio gigante, lei che parla con suo nonno morto...".

"Ero addormentato".

Il poliziotto ridacchia.

"Ho visto quel filmato diverse volte, mi faccia la cortesia di non offendere la mia intelligenza: lei aziona la videocamera del telefonino e dopo ventidue secondi si sente lei che saluta suo nonno. In quanto tempo si sarebbe addormentato, quindici secondi?".

Ivano non parla.

"Allo stesso tempo però – prosegue Artico – sia lei che il suo aggressore eravate negativi a farmaci, stupefacenti o alcool, quindi o siete d'accordo e state recitando, oppure c'era qualcosa da approfondire".

Ivano non commenta neppure ora.

"Così sono andato con i colleghi della scientifica, i quali hanno dispiegato i loro strumenti e hanno rilevato qualcosa di strano".

Ivano solleva un sopracciglio.

"Cosa?".

Il poliziotto estrae il blocco degli appunti dalla tasca della giacca.

"Nell'aria era presente una sostanza chiamata – consulta una nota avvicinando il blocco al volto – ossido di diazoto"

Ivano strizza gli occhi.

"E cosa sarebbe?".

"È altresì noto come gas esilarante, anche se, a dispetto del nome, nella realtà non provoca risate".

Ivano lo guarda perplesso.

"E da dove proviene?".

"Dall'impianto dell'aria condizionata: era stato modificato aggiungendo un selettore in modo tale che in una posizione raffreddasse la temperatura, in un'altra diffondesse nell'aria il gas esilarante e in una terza facesse entrambe le cose. Era impostato in quest'ultima modalità".

Ivano si gratta la testa perplesso.

"Lei mi crede se le dico che non so di cosa parla?".

"Le credo senza riserve: le modifiche all'impianto non sono recenti e la bombola di monossido di diazoto reca un'etichetta sul quale è segnata la data di marzo 1995", prosegue Artico.

Ivano è perplesso.

"Immagino sia stato mio nonno a installarla, però mi sfugge il senso di tutto questo. A cosa serve irradiare nell'aria del gas esilarante?".

"Ho chiesto ad un medico che collabora con noi, e lui mi ha rivelato che secondo alcuni studi il gas esilarante può essere utilizzato come terapia per la depressione. Per lei questo avrebbe senso?".

Ivano annuisce.

"A mio nonno era stata diagnosticata una forma di depressione – rivela – Potrebbe aver pensato che, mischiando il gas all'aria, avrebbe potuto averne dei benefici. Altre spiegazioni non me ne vengono in mente".

Il commissario Artico legge ancora sul blocco: "La

nota del medico ci dice che questo gas ha degli effetti collaterali, tra i quali disorientamento, leggerezza corporea, cambiamenti nelle percezioni tattili, visive e uditive, vertigini, distacco da sé stessi e dall'ambiente circostante, in alcuni casi un aumento del senso dell'umorismo e talvolta delle allucinazioni. Il che darebbe una spiegazione a quanto visto da Colagrossi e da lei.

"Perché, sebbene lei abbia sempre glissato – e per certi versi capisco la sua reticenza – nel filmato sta parlando con suo nonno morto".

Rimane in silenzio e guarda Ivano, il quale annuisce, pur con qualche esitazione.

"Era la prima volta che lo vedeva?", lo incalza il poliziotto.

L'uomo nel letto dell'ospedale prima sospira, poi scuote la testa.

"No".

"Quante altre volte l'ha visto? E quando?".

"L'ho visto per la prima volta il secondo giorno in cui mi sono trasferito in quella casa?".

Artico estrae una penna a sfera e scrive un appunto sul blocco.

"Ricorda se l'aria condizionata era accesa?".

"Sì, ne sono certo perché avevo trovato il pannello di controllo proprio quel mattino. Ricordo di aver faticato a farlo partire perché non c'erano istruzioni, ho premuto i pulsanti a caso fino a quando non si è avviato".

"Probabilmente tra questi c'era anche il selettore di cui le accennavo prima – spiega Artico – È una semplice manopola nera senza nessuna scritta, se uno non sa a cosa serve non può capirlo. Lei ha respirato quel gas per ore ed ore, è verosimile che abbia avuto delle allucinazioni".

"*Tuttavia* – prosegue Artico calcando la voce sulla prima parola – i casi di allucinazioni accertate in seguito alla inalazione di ossido di diazoto sono molto rari: ciascun soggetto reagisce a modo suo, ma che entrambi abbiate avuto lo stesso effetto collaterale è ritenuto dal nostro consulente medico molto improbabile. Anche per via del fatto che, se è vero che lei ha inalato il gas per alcune ore, Colagrossi l'ha fatto solo per qualche minuto e certamente non abbastanza da rimanerne intossicato".

"Non ho capito dove vuole arrivare".

"Glielo spiego subito: ricorda i pallini che abbiamo estratto dalle sue ferite? Sono dello stesso calibro di uno dei fucili contenuti al piano di sotto, nell'armadio blindato".

"Era aperto?".

"C'era la chiave infilata nella serratura, non abbiamo avuto difficoltà ad aprirlo".

Dove ha lasciato la foto di suo nonno con Kumpf? Nell'armadio?

Non ricorda.

"Ma non solo – prosegue il poliziotto – sul calcio abbiamo trovato le sue impronte".

Lo guarda sornione, come un giocatore di poker che ha appena calato una scala e attende di vedere le carte dell'avversario.

"L'ho preso in mano l'altro giorno, volevo capire che sensazione avrei provato tenendolo in mano", si giustifica Ivano.

"Certo, come no".

"Immagino che sia possibile capire se i proiettili che mi hanno colpito siano stati sparati da quello specifico fucile, no? – obietta – Non ci sono delle rigature, dei graffi che lo identificano?".

"Non sui fucili a pallini – ammette il poliziotto – e sono convinto anche che lei lo sappia, è un'informazione facilmente reperibile in rete. Ed è per questo che ha utilizzato un fucile anziché la pistola, che sarebbe stata certamente più pratica. Su come abbia fatto a procurarsi le ferite non ho certezze, presumo si sia fatto aiutare da sua moglie o abbia premuto il grilletto con l'alluce".

"Quindi siamo nel campo delle illazioni, direi, e anche piuttosto creative", conclude Ivano.

"Siamo nel campo delle indagini – puntualizza Artico – Ora le racconto un'altra cosa: lei un anno e mezzo fa ha stipulato una polizza danni".

"E allora?", domanda Ivano perplesso.

"Le polizze danni, come tutte le polizze, indennizzano i danni subiti a patto che non siano cagionati volontariamente dell'assicurato. Se ti spacchi una mano a martellate non ti pagano, insomma, così come se dirigi l'auto contro un muro".

Ivano ridacchia.

"E io mi sarei sparato per una polizza?".

"La sua assicurazione in caso di ferita da arma da fuoco al di fuori della attività venatoria le riconoscerebbe quarantamila euro. Sono soldi, il movente più classico per la maggior parte dei reati".

Ivano alza le spalle.

"Non lo sapevo neppure. L'ho stipulata perché l'assicuratore è un mio amico e mi sono fatto convincere. Lei veramente pensa che io mi sia sparato per quarantamila euro?".

Artico incrocia le braccia sul petto.

"Ho visto gente fare di molto peggio per molto meno. E poi non credo che lei possa fare lo schizzinoso di fronte a quarantamila euro, visto che sul suo conto corrente ora ci sono centottanta euro".

Ivano si irrigidisce, infastidito.

"Vedo che ha fatto le sue indagini. Che vuole che le dica? Il mio stipendio non è elevato, abbiamo un figlio e un mutuo a carico. Ma non ho mai truffato nessuno, né ci ho mai provato".

"Che non ci abbia mai provato ho qualche dubbio, e poi si sa che la tentazione rende l'uomo ladro".

"Certo, e una rondine non fa primavera".

Artico ripone il blocco nella tasca della giacca.

"Ha organizzato tutto questo per fregare l'assicurazione?", domanda guardandolo fisso negli occhi.

"Ma figuriamoci! È completamente fuori strada, mi creda", protesta Ivano contrariato.

"Va bene, sono fuori strada. Allora mi rimetta lei sulla giusta via. Chi le ha sparato?".

"Non lo so, gliel'ho già detto!".

"Mi sta dicendo che ha visto qualcuno che le sparava ma non lo conosceva?".

"No, le dico che non so chi lo abbia fatto".

"E come è possibile, visto che era in una stanza chiusa e quindi lo sparatore doveva essere nella stanza con lei?".

"È lei il poliziotto, non sono io a dover svolgere le indagini".

Artico scuote la testa.

"No, ma lei ha il dovere di collaborare, e mi faccia dire che la sua versione dei fatti è molto lacunosa, tanto da non essere credibile".

Un silenzio carico di tensione cala tra loro.

Ivano deglutisce.

"Io non posso dirle chi mi ha sparato, perché sarebbe ancora meno credibile", dice infine.

Non se la sente di dire la verità, ma allo stesso tempo non vuole essere additato come un truffatore.

"Può almeno provarci", lo incalza Artico.

"Lasci stare, dichiarerò che mi sono sparato da solo e spero che basti. Usando l'alluce, come mi ha suggerito lei".

"E invece?".

"E invece nulla".

Incrocia le braccia e guarda fuori dalla finestra.

Artico sbuffa.

"Senta, lei mi è simpatico ma io sono un rappresentan-te della legge – prova ancora il poliziotto – e ho il dovere istituzionale di appurare se c'è stato un reato. Se dovessi redigere ora il mio rapporto scriverei che lei sta cercando di proteggere qualcuno".

Ivano ridacchia e scuote la testa.

"No, sto cercando di chiudere questa vicenda. L'assi-curazione non saprà nulla di quanto successo – per altro non avevo comunque nessuna intenzione di ricorrervi – e l'unico che si è fatto male sono io. È come se mi fossi preso a martellate la mano da solo, per usare il suo esem-pio. O è un reato anche questo?".

"No, non lo è".

Artico chiude il blocco note e lo infila nella tasca della giacca.

"Nel filmato girato con il suo telefonino l'ultima volta in cui si sente la sua voce lei sta urlando *Fermo, cosa fai?* Nella sua visione, cosa stava vedendo?".

Ivano sospira. Artico non sembra intenzionato a mol-lare la presa.

"C'era mio nonno che mi stava puntando il fucile ad-dosso", ammette.

"Quindi se suo nonno fosse ancora in vita lei direbbe che è stato lui a sparare".

"Sì, ma è morto. Dubito che qualcuno mi crederebbe".

"Lei però ci crede, mi pare. Io la conosco poco, ma lei è un professore, un uomo che ha studiato e mi sembra una persona con la testa sulle spalle. Perché ci crede?".

"Perché sono convinto che non fosse solo un'illusione".

Artico annuisce, come se Ivano avesse pronunciato un'importante verità.

"Cosa la porta a questa convinzione?", domanda.

"Mio nonno, o quello che era, in alcuni casi ha detto delle cose delle quali ho avuto dei riscontri oggettivi".

"Riesce a spiegarsi meglio?".

"È un po' lungo".

Artico guarda l'orologio in maniera teatrale.

"Non ho impegni prima di questa sera".

Mezz'ora dopo il commissario Artico si gratta la testa pensieroso.

"Sono molto colpito", dice.

"Mi fa piacere", commenta Ivano.

Il poliziotto si alza dalla sedia.

"Capisco perché lei ha detto che difficilmente qualcuno le avrebbe creduto".

"Non mi crede?".

"Al contrario. Ma fatti del genere non finiscono sui rapporti di polizia, sarei imprudente anche solo a provarci. I miei superiori non sono noti per la loro apertura mentale".

Si gratta nuovamente la testa.

"Per questo motivo farò un copia e incolla della relazione del medico sugli effetti del gas esilarante – prosegue – e vi allegherò una sua dichiarazione in cui ammette di aver avuto delle allucinazioni e di essersi ferito da solo in un momento di poca lucidità. Nella mia disamina conclusiva dirò che non sono in possesso di elementi che mi facciano propendere per una versione diversa dei fatti".

Ivano annuisce.

"Grazie, credo sia la cosa migliore".

Il poliziotto gli porge la mano e gliela stringe.

"Vado a preparare il dossier, la chiamerò per le firme".

Si volta e si avvia verso la porta.

"Aspetti!", lo ferma Ivano.

Artico arresta il passo e si volta verso l'uomo nel letto.

"Posso chiederle un piacere?", chiede Ivano.

"Se posso".

"Vorrei sapere qualcosa di più sulla morte di mio nonno, appunto. Lei ha modo di accedere ai documenti del caso?".

Artico annuisce.

"Il caso è chiuso, lei è un parente – riflette – è autorizzato a prenderne visione. È un'indagine del 1995 e dovrebbe essere già in formato digitale, dovrei riuscire a recuperarla agevolmente. Posso chiederle il motivo?".

"Ci sono dei dettagli che mi sfuggono, vorrei togliermi dei dubbi".

Artico riflette qualche istante, poi annuisce.

"Darò una scorsa al file, lei mi dia un colpo di telefono domani sera, se possibile risponderò alle sue domande".

"Grazie, gliene sono grato".

Il commissario Artico lo saluta agitando la mano e esce dalla stanza.

Capitolo 20

Ivano apre la porta di Villa Anastasia e vi entra con la consueta circospezione.

Non c'è nessuno, almeno ad una prima occhiata.

Si sposta nella stanza ottagonale, anch'essa vuota.

La poltrona sulla quale è stato colpito è coperta dal suo sangue rappreso, ora appare come una grossa macchia color mattone.

Si ferma ad un passo di distanza e la esamina con cautela, quasi potesse procurargli ancora del dolore.

Come per riflesso la spalla gli lancia un impulso doloroso e contrae il viso in una leggera smorfia.

Sicuramente non gli ha fatto bene guidare – il medico gli aveva consigliato di astenersi per almeno una decina di giorni – ma non ha permesso a Gracia di accompagnarlo.

Il sole è ancora alto e la stanza è ben illuminata, così nota gli aloni di polvere bianca con cui i poliziotti hanno rilevato le impronte digitali sui mobili e sullo stipite della porta.

I due inglesi vorranno ancora comprare la casa dopo gli ultimi eventi?

Forse sarà costretto a scendere ancora un po' sul prezzo.

Guarda l'ora, sono quasi le sette e il commissario Artico gli aveva chiesto di chiamarlo alla sera.

Compone il numero dell'agente e attende risposta.

"Buonasera, sono Ivano Noto – si presenta quando

sente la voce dell'uomo – Spero di non disturbarla, ma vorrei sapere se si è ricordato di esaminare il rapporto sul ritrovamento di mio nonno".

In sottofondo sente il pianto di un bambino.

"Sì, l'ho guardato questa mattina, ma temo che non sentirà quello che spera".

"In che senso?".

"Nel senso che tutto fece pensare effettivamente ad un suicidio".

"Cosa rilevarono?".

"Ho preso nota, mi dia un attimo".

Sente suono di carta, poi: "Suo nonno venne trovato sulla stessa poltrona sulla quale è stato colpito lei, il che mi ha fatto pensare che a volte il destino sa essere ironico. Il proiettile lo aveva attraversato al centro della fronte e la pistola era ancora nella sua mano".

"In che mano era stretta la pistola?".

"Nella destra, e suo padre confermò come fosse effettivamente destrorso".

Ivano prende una sigaretta e la accende.

"Non è strano che si sia sparato in fronte? Non sarebbe stato più pratico su una tempia, o in bocca?".

"Lo so che nei film si vedono sempre questi due casi, ma la realtà è diversa. Ho visto gente togliersi la vita in maniera molto creativa, se posso usare questo termine".

Ivano medita sulle parole di poliziotto.

Come si conciliano con quello a cui ha assistito in quella stanza qualche sera fa?

Suo nonno stava parlando con qualcuno, e anche se non ha avuto la possibilità di vedere la scena fino alla fine è piuttosto sicuro che sia stato ucciso dal suo interlocutore.

Ma è pensabile che il suo assassino non abbia lasciato nessuna traccia?

Oltre tutto, suo nonno stringeva in mano un fucile,

mentre Artico gli ha appena confermato come si fosse sparato con una pistola.

"Capisco. Però c'è un'altra cosa che non mi convince – domanda – Ho avuto modo di esaminare i moduli con cui mio nonno aveva denunciato le armi all'autorità. Io non sono un esperto di armi, però tra le denunce non c'era nessuna pistola. Non le sembra strano?".

Ad Ivano pare di sentire un risolino dall'altra parte del telefono.

"Anche in questo caso, signor Noto, la realtà e la fiction sono piuttosto diverse. Sa quante armi non registrate ci sono in Italia?".

"No, non ho idea".

"Glielo dico io: migliaia. O forse pensa che terroristi e rapinatori vadano in armeria a comprarle?".

Sul mobile bar c'è ancora la tazzina piena di mozziconi e vi picchietta dentro la cenere.

"No, certo, però mio nonno era un meccanico, non un malvivente. Non penso frequentasse certi ambienti".

"Sono sicuro, ma potrebbe essersela procurata in mille maniere. Nello specifico, la pistola con cui si è sparato era una Beretta M34, un'arma tutt'ora molto diffusa. Si chiama così perché venne prodotta nel 1934 e fu in dotazione all'esercito italiano e alle forze di Polizia fino al 1990. Suo nonno fece la guerra, giusto?".

"Sì".

"Ecco, nulla di più facile che se la fosse procurata in quegli anni, e stia certo che all'epoca non si preoccupavano di denunciare le armi che trovavano in giro, avevano bel altri problemi. I colleghi che svolsero l'indagine provarono a rintracciarla, ma il numero di serie non era mai stato denunciato e così arrivarono alla conclusione che facesse parte di quelle migliaia mai registrate".

Ivano rimane in silenzio.

"Mi rendo conto che un suicidio lascia sempre un senso di vuoto in chi rimane – riprende Artico – ma la cosa migliore è accettarlo, per quanto traumatico sia stato".

Ivano si passa la mano tra i capelli.

"Certo, non la trattengo oltre – dice – È stato molto gentile, la ringrazio".

Chiude la telefonata.

Era andata così? Suo nonno si era suicidato?

Vuole fare un ultimo tentativo.

"Hugo!", chiama.

Gracia aveva ragione: era Hugo che voleva mettersi in contatto con lui, non il nonno.

Il cane lo aveva chiamato affinché sentisse la telefonata del nonno, e quando Colagrossi era entrato in casa per aggredirlo l'aveva spaventato assumendo le sembianze di uno scarafaggio gigante.

Se è un demone non sembra ostile, almeno nei suoi confronti.

"Hugo!".

Però vuole interagire solo con lui, per questo ha messo il ciondolo dell'ex ragazzo di sua moglie nell'armadio blindato, per fare in modo che lei se ne andasse e che lui solo rimanesse in casa.

Si è fatto vedere anche in ospedale, come per ricordargli che la questione è ancora aperta.

"Hugo!".

Sente uno scalpiccio dal piano di sotto.

L'aria condizionata è spenta, sta respirando solo ossigeno e azoto.

Il cane entra nella sala scodinzolando.

"Hugo!".

Ivano si accovaccia e lascia che il cane si avvicini.

Non è la prima volta che sono così vicini, tuttavia non ha mai avuto il coraggio di toccarlo.

Il cane abbassa il capo, Ivano allunga la mano e lo accarezza sulla testa.

È caldo e il suo pelo è morbido.

Hugo mugola.

Un'altra carezza.

"Cosa vuoi dirmi, amico mio?".

China il viso sulla testa del cane e appoggia le labbra sul suo cranio.

Sul principio la visione è confusa, come quando si guarda la vetrina di un negozio e il nostro occhio vede sia la merce esposta che i passanti riflessi dal vetro, poi Ivano chiude gli occhi e l'immagine si stabilizza.

Si trova ancora a Villa Anastasia, ma ora il suo punto di osservazione è posto a circa mezzo metro di altezza e i colori sono tenui, nella maniera in cui vede un cane.

Entra veloce nella sala ottagonale e si ferma, puntando un uomo in piedi in mezzo alla stanza.

Non l'ha mai visto prima e sa che è ostile.

"Stai buono, cane", gli ordina l'uomo puntandogli addosso una pistola.

Hugo abbaia, pur rimanendo a un paio di metri di distanza. Ha paura ma avverte il nervosismo dell'uomo e forse riuscirà a farlo andare via senza che faccia del male a nessuno.

Sente un rumore di passi alle sue spalle e un attimo dopo anche il nonno entra nella stanza.

Tiene un fucile in mano.

"Finalmente ti vedo!", dice.

Hugo abbaia, vorrebbe avvisare il suo padrone che è in pericolo, ma Augusto Noto non gli dà retta.

"Sei tu che hai mandato la foto?", chiede il nonno.

Hugo indietreggia e affianca il suo padrone, sempre tenendo d'occhio l'uomo.

"Sono io", conferma l'intruso.

"Ero stato avvisato. E come puoi vedere ti stavo aspettando".

Solleva il fucile per dare maggiore forza al messaggio.

"Se avessi voluto prenderti di sorpresa non ti avrei mandato nulla. Ti consiglierei però di cambiare la serratura, perché si apre con molta facilità. Tu sai chi sono?", replica l'uomo.

"So bene chi sei, la somiglianza è evidente. E poi, se pure ho tanti difetti, non sono stupido".

L'uomo tace, mentre Hugo emette un ringhio sordo.

"Non credere che sia stato facile – prosegue il nonno – Mi è spiaciuto molto, ma la guerra ti impone delle scelte, e quando devi decidere se salvare te stesso o qualcun altro, scegli te stesso. Non sono stato né il primo né l'unico".

L'uomo scuote la testa.

"Queste sono le stronzate con cui i vigliacchi giustificano le loro azioni. Si può sempre scegliere, basta volerlo. C'erano i buoni e c'erano i cattivi, era ben chiaro anche allora, e tu hai scelto di stare dalla parte dei cattivi. Per fortuna molti scelsero diversamente".

"Sono sopravvissuto a pericoli ben più letali di un pezzo di merda che vuole ricattarmi".

Il nonno alza il fucile e lo punta verso l'intruso.

Si fronteggiano per qualche istante.

"Pensavi che sarei crollato in ginocchio implorando pietà?", domanda Augusto Noto.

L'uomo scuote la testa.

"No. Ma speravo che in tutti questi anni avresti avuto almeno la decenza di non essere superbo".

"Juergen è stato un crudele figlio di puttana da giovane – prosegue il nonno, visibilmente eccitato – ma ultimamente era parecchio invecchiato. Però ti do una notizia: io sono più giovane, e non sono qui per farmi mettere sotto".

L'uomo solleva la pistola e la indirizza verso Augusto Noto.

"Neppure io sono venuto qui a farmi mettere sotto, traditore di merda. Abbassa quel fucile!".

"Tu ora muori!", urla il nonno.

Carica il fucile e spara, ma la sequenza è eseguita con troppa lentezza e l'uomo fa in tempo a gettarsi a terra, schivando il colpo.

Augusto Noto carica di nuovo e spara ancora, ma sempre troppo lentamente per il suo avversario, che quando il colpo parte è già rotolato di lato.

Si rialza rapidamente e punta ancora la pistola sul nonno. Sorride.

"Non hai più cartucce, intelligentone. Cosa mi dici ora?".

Il nonno ridacchia, poi impugna il fucile come una clava e si avventa verso l'altro, ma sempre troppo lentamente.

Settantacinque anni non sono pochi, anche quando uno è in buona forma.

L'uomo spara e centra Augusto Noto in piena fronte, che si accascia come un burattino a cui siano stati tagliati i fili.

Hugo ringhia e abbaia verso l'uomo, che lo guarda con durezza.

"Stai buono cane, non voglio farti del male".

Hugo tende i muscoli delle zampe posteriori e salta verso l'uomo, che reagisce con prontezza e lo colpisce con un calcio sul muso.

Hugo guaisce e batte momentaneamente in ritirata dietro al mobile bar.

L'uomo prende il nonno per le ascelle e lo issa sulla poltrona.

Hugo attende il dolore si attenui e si avventa nuovamente sull'intruso, che questa volta gli punta la pistola contro.

Uno sparo.

Un'esplosione rossa davanti agli occhi.

Nero.

Ivano riapre gli occhi con lentezza, incerto di cosa troverà davanti a sé.

Il suo cervello torna a registrare i colori nella maniera corretta e gli permette di distinguere i mobili del salotto.

Il sole è ancora forte ed è da solo.

Hugo, il cui calore è ancora tra le sue mani, non c'è più.

Si alza lentamente.

Ora sa cosa il cane voleva comunicargli.

Capitolo 21

Antonio posa il calice di bianco sul tavolino e osserva l'uomo dall'altra parte della strada.

È appoggiato al muro della casa di fronte e tiene il telefonino in mano come se fosse intento alla lettura, tanto che inizialmente non aveva neppure registrato la sua presenza; si accorge di lui solo quando nota come l'uomo sposti l'attenzione dallo schermo a lui con una certa frequenza.

Ha bevuto un solo bicchiere e di solito non si alza prima del terzo, ma quella presenza lo innervosisce e decide di andarsene.

Con un cenno della mano richiama Nino, il padrone del bar, per chiedere il conto, ma nel frattempo l'uomo attraversa la strada e si ferma davanti al suo tavolino.

"Posso?", chiede indicando la sedia di fronte a lui, poi si accomoda senza attendere risposta e appoggia il telefonino sul tavolo alla sua destra.

Sopraggiunge Nino, che vedendo un nuovo avventore immagina sia un ospite di Antonio ed estrae il blocco per prendere l'ordinazione.

"Un caffè, per cortesia", chiede l'uomo.

"Cosa vuoi? Ci conosciamo?", chiede Antonio quando Nino si allontana.

"Per certi versi sì".

L'uomo prende qualcosa dalla tasca posteriore dei pantaloni e lo posa sul tavolo.

È una foto in bianco e nero che ritrae un ufficiale delle SS accanto ad un civile.

"L'hai già vista?", gli chiede.

Antonio scuote la testa e distoglie lo sguardo con fastidio.

"No, ma mettila via che non mi piacciono queste cose. Devi avermi scambiato per qualcun altro".

"No, non credo. Tu sei Antonio Aliberti, figlio di Salvatore, giusto?".

"Sì, sono io – risponde lanciando un'altra occhiata alla foto – E quindi?".

"Tu nel 1995 mandasti questa foto all'uomo in uniforme, chiamato Juergen Kumpf, e a quello più basso, Augusto Noto. Poi ti presentasti a casa di quest'ultimo".

"Non so di cosa parli e non so chi sei tu", dice.

"Mi chiamo Ivano Noto, e sono il nipote di Augusto".

Beve un sorso di vino.

"Buon per te, ma io non so nulla di questa foto. È la prima volta che la vedo".

Nino si avvicina, deposita un caffè davanti ad Ivano e si allontana senza essere degnato di uno sguardo.

"Sei andato a trovare mio nonno il dodici luglio del 1995", insiste Ivano.

"Cazzate. Ho sentito che ultimamente in paese gira la voce che tuo nonno è sopravvissuto e si è rifatto una vita altrove, ma io non l'ho mai incontrato".

"Ero presente anche io a quell'incontro".

Antonio sbuffa.

"Cazzate, ancora. Non sai di cosa parli e stai sparando a caso".

"Ero dietro il mobile bar".

Ivano pronuncia questa frase guardandolo dritto negli

occhi e sperando che il suo atteggiamento corporeo rafforzi il bluff.

"Mio nonno quando ti vide le disse di averti riconosciuto per via della somiglianza con tuo padre, e ora che ti vedo meglio è evidente anche a me. Quella sera indossavi una camicia blu e dei pantaloni neri".

Spera di non sbagliarsi con i colori, si sa che i cani non vedono come noi.

L'uomo con il bicchiere di bianco in mano sembra tentennare, forse ha accusato il colpo.

"Poi ti disse che Juergen Kumpf era parecchio invecchiato, ma lui – mio nonno – non si sarebbe fatto mettere sotto da te", conclude Ivano.

"E dopo venticinque anni vieni ora?", chiede Antonio.

Ivano alza le spalle.

"Diciamo che mi mancava qualche elemento".

"Cosa vuoi da me? Vuoi denunciarmi?", domanda abbassando la voce.

Ivano scuote il capo.

"No. Ho maturato la convinzione che mio nonno abbia vissuto ben più di quanto avrebbe meritato e che sarebbe giusto rimuovere il suo nome dalla targa affissa in una di queste vie, quella targa in cui viene menzionato anche tuo padre. Però mi mancano dei pezzi in questa storia, e sono certo che tu potrai aiutarmi".

Antonio solleva una mano e richiama l'attenzione di Nino.

"Un altro per piacere", ordina ad alta voce indicando il bicchiere vuoto.

"Cosa ti manca?", chiede ad Ivano.

"Come hai fatto a trovarli, ad esempio".

Nino appoggia un bicchiere pieno davanti ad Antonio e porta via quello vuoto.

"Un po' di fortuna. Nel 1995 morì il nostro vecchio

parroco, Don Ilario: aveva una novantina di anni ed era qui da tutta la vita, da prima della seconda guerra mondiale. Era un'istituzione, aveva sposato quasi tutte le coppie e si vociferava anche che un paio di nostri concittadini fossero figli suoi".

Beve dal bicchiere e lo appoggia al tavolo con un colpo secco.

"Morì a oltre novant'anni, come ti ho detto, e qualche giorno dopo il funerale io e un paio di amici andammo in casa sua per liberarla e lasciarla a disposizione di chi lo avrebbe sostituito.

"Trovammo quintali di roba, come è normale in un'abitazione occupata per quasi settant'anni: pochi abiti, ma tantissimi libri, regali e una teca piena di pipe, di cui doveva essere un collezionista pur non fumando".

Un gruppo di ragazzi passa alle loro spalle prendendo a calci una palla.

"Curiosamente, nonostante l'età non verdissima, Don Ilario non sembrava aver messo in conto di morire, e così trovammo tante cose che forse, se fosse stato più lungimirante, avrebbe fatto bene a far sparire prima: un cassetto pieno di riviste porno, delle lettere non proprio edificanti con alcune parrocchiane e, in una scatola, del materiale risalente alla guerra".

Non sono credente, ma sono persuaso ci sia stato del karma nel fatto che fui proprio io a trovare quella scatola, io che non ho mai conosciuto mio padre perché ucciso mentre mia madre era incinta.

Già alla prima occhiata capii che quella scatola conteneva del materiale che scottava, così la presi senza dire nulla a nessuno, la portai a casa e la esaminai con calma.

Non so perché la gente conserva in casa oggetti che potrebbero procurargli dei guai, ma da quanto leggo sui giornali capita spesso, come i serial killer che tengono le ciocche di capelli delle loro vittime o gli stupratori che fotografano le donne di cui abusano. Forse serve a dare un appoggio solido ai ricordi, che con il tempo potrebbero svanire o diventare più sfumati, o forse perché, dopo tanti anni, anche le azioni più truci tendono a pesare meno sulla coscienza.

Nella scatola c'erano alcune foto tra cui quella che mi hai mostrato prima, delle lettere, dei memorabilia e alcuni appunti attraverso i quali non mi fu difficile ricostruire il quadro completo.

I membri delle Waffen SS di stanza qui avevano organizzato una via di fuga se la guerra avesse preso una brutta piega, e Don Ilario era parte dell'ingranaggio.

La domenica in chiesa predicava la pace e invitava i credenti ad essere fedeli ai loro valori, poi sotto traccia – in cambio di soldi e soprattutto dell'immunità – organizzava la fuga dei nazisti.

Da quanto ho ricostruito almeno sette espatriarono grazie alla sua intercessione, grazie alla quale i fuggitivi recuperarono i documenti di identità falsi e trovarono alloggio presso monasteri e strutture ecclesiastiche durante la fuga.

Per ognuno dei sette fuggitivi aveva creato un piccolo dossier, all'interno del quale aveva trascritto anche l'indirizzo presso il quale si erano trasferiti una volta espatriati.

Tre di questi erano nel frattempo morti, due si erano trasferiti altrove, solo Juergen Kumpf era rimasto nella sua abitazione.

Anche tuo nonno aveva cambiato casa, ma essendo tornato in Italia non mi fu difficile rintracciarlo, fu sufficiente chiamare il servizio clienti della Telecom, allora Sip.

Come puoi immaginare fui l'ultimo a provare stupore

quando negli scorsi giorni si diffuse in paese la notizia che non era morto in occasione dell'eccidio, ma ben mi guardai dal rivelarlo.

Anche a suo tempo avrei potuto prendere la scatola e portare tutto alla pubblica autorità, ma cosa ci avrei guadagnato?

Una denuncia in contumacia per Kumpf, residente in un Paese che difficilmente avrebbe concesso l'estradizione?

E in capo a tuo nonno che prove avevo?

Mi rivolsi ad un avvocato specializzato in crimini di guerra e gli sottoposi il materiale, omettendo di rivelare i dati delle persone coinvolte, e mi diede poche speranze.

In capo a tuo nonno avevo solo evidenza che aveva utilizzato i canali di Don Ilario per scappare, ma questo non ne avrebbe fatto un criminale, e avrebbe potuto facilmente difendersi sostenendo di essersi dato alla fuga nel tentativo di salvarsi la vita dopo che i suoi compagni erano stati trucidati.

L'idea di assistere ad un processo che avrebbe portato ad un'assoluzione per insufficienza di prove mi fece accantonare subito l'idea di ricorrere ai canali ordinari della giustizia.

Mandai la foto a Kumpf e attesi una reazione.

Non arrivò mai, ricevetti invece la notizia che si era tolto la vita.

Non so se compì il gesto in conseguenza della mia lettera o se si trattò solo di una combinazione, ma sono propenso a pensare di aver contribuito a togliere di mezzo un criminale, anche se con qualche decennio di ritardo.

Per tuo nonno fu diverso: non ricevetti alcun riscontro da lui, così scelsi di andare a trovarlo.

Non sapevo neppure cosa avrei fatto, ero però curioso di vedere in faccia la persona che aveva causato la morte di mio padre e di altri suoi compagni.

Volevo parlargli, sapere cosa provasse per quel gesto infame e vigliacco e se si fosse mai pentito.

Forse il rimorso, anche se tardivo, ci fu anche per lui: mi chiese scusa, mi disse di essere stato costretto dagli eventi e mi garantì che si sarebbe comportato da uomo d'onore.

Io me ne andai, seppi poi che quella stessa sera si era tolto la vita.

Vorrei dirti che mi dispiace, ma non è così: avrebbe potuto comportarsi da uomo e combattere assieme ai suoi compagni, aveva invece scelto di venderli al nemico ed è giusto che, pur tardivamente, abbia pagato.

Mi spiace per te che hai perso il nonno, ma io non ho mai conosciuto mio padre per colpa sua e non ho nessun rimorso.

Antonio posa il calice sul tavolo e alza la mano per attirare ancora una volta l'attenzione di Nino.

Il suo atteggiamento corporeo trasmette molta tranquillità, nonostante la storia appena raccontata.

Ivano giochicchia con il cucchiaino del caffè, poi lo guarda negli occhi.

"Bella la storia dei due criminali di guerra che, presi dal rimorso, si tolgono la vita. Bella, ma purtroppo, come parecchie belle storie, non è vera".

Antonio piega la testa di lato.

"Ah no?", chiede sornione.

"No – conferma Ivano – Non so come sia morto Juergen Kumpf, ma sicuramente mio nonno non si è suicidato".

Antonio ridacchia.

"E tu che ne sai? Non raccontarmi la storia che eri dietro al mobile bar, perché non c'eri".

"Hai controllato?".

"No, ma me ne sarei accorto. Non c'era abbastanza spazio".

"Però ero presente, e ti hai commesso uno sbaglio".

"Cioè?".

"La pistola di mio nonno, quella con cui si sarebbe sparato, non era sua".

Antonio solleva un sopracciglio.

"E di chi era?".

"Mi pare ovvio: era tua".

Antonio fa un gesto con la mano come per scacciare una mosca.

"Mai posseduto pistole", risponde.

Te l'ho vista in mano, bugiardo di merda.

"Mio nonno era un cacciatore", prosegue Ivano – E infatti ti accolse con un fucile. Possedeva una pistola, ma era una Colt di fabbricazione argentina di cui non ricordo il nome; in ogni caso in quel momento si trovava chiusa nell'armadio blindato, dove è rimasta fino a qualche giorno fa. Ci fu uno scontro, ma forse mio nonno era un po' che non sparava o forse al chiuso e a distanza ravvicinata non è quella l'arma più congeniale. Io non sono un esperto di fucili, ma so contare, e il fucile con cui mio nonno ti accolse aveva due canne".

"Fatico veramente a seguirti. Questo cosa c'entra?".

"Nell'armadio blindato in cui sono conservate le sue armi c'è solo un fucile, ed è a canna singola".

"In venticinque anni qualcuno se ne sarà sbarazzato".

"L'unico che avrebbe potuto farlo è mio padre, e non lo fece. Fosti tu, Antonio, a farlo".

L'uomo beve un sorso di vino, forse anche per distogliere lo sguardo dal suo interlocutore.

"Colpisti mio nonno al volto, uccidendolo, poi sparasti anche al cane. Non so se fu una mossa pianificata o agisti sull'impulso del momento, ma a quel punto non fu difficile inscenare un suicidio: mettesti la tua pistola nella mano di mio nonno e ti appropriasti del fucile, che aveva appena sparato e se fosse stato lasciato in casa forse qualcuno si sarebbe chiesto contro chi mio nonno avesse fatto fuoco".

"Continua, sono affascinato dalla tua fantasia".

Antonio Aliberti ostenta sicurezza, ma il suo sguardo è ora più sfuggente.

"In realtà ho finito – chiude Ivano alzando le spalle – il fucile immagino si trovi ora in qualche fiume o in qualche lago o forse lo conservi addirittura a casa, come il parroco di cui mi hai parlato poco fa, e mentre tu ti sbarazzavi dell'arma la polizia rinveniva il corpo senza vita di un anziano.

"Nessuno vi diede importanza: era un uomo solo, poco comunicativo e malato di depressione, nessuno si meravigliò del gesto e non venne condotta nessuna indagine approfondita. Non gliene fregava niente a nessuno, credo".

Antonio Aliberti vuota l'ennesimo calice di vino.

"Bel lavoro – commenta – ma sono tutte cazzate. Non hai nessuna prova, l'hai appena detto".

Ivano scuote la testa.

"A me non interessano le prove, non siamo in tribunale e non sono qui per incriminarti. Detto tra noi, se mio nonno si è reso colpevole di quello che ho scoperto probabilmente avrebbe dovuto essere giudicato ben prima e pagare per il suo tradimento".

"E allora cosa vuoi?".

Ivano si gratta il mento mentre cerca le parole migliori per esprimere un concetto che nella sua mente è molto chiaro.

"Chiudere un cerchio – dice infine – Dare un senso alla morte di mio nonno, darle un significato, anche se doloroso. Volevo vederti in faccia".

Antonio si alza, traballando un po' per il vino.

"Spero che tu ci sia riuscito, allora; io adesso ho altro da fare. Il caffè è offerto".

Guarda verso Nino e a gesti gli dice di segnare sul suo conto, poi lascia il locale senza voltarsi.

Ivano sale in macchina ed estrae il telefonino, seleziona un contatto ed invia la chiamata.

"Il commissario Artico? – chiede quando la comunicazione viene aperta – Sono Ivano Noto, si ricorda di me?".

"Certo. Come sta? È guarita la ferita?".

La voce del poliziotto ha un leggero rimbombo, come se rispondesse da una stanza vuota.

"Sto bene, grazie. La sto chiamando per avvisarla che tra un attimo le manderò un file, vorrei che lei lo ascoltasse con attenzione".

"Di cosa si tratta?".

"La registrazione di una chiacchierata che ho appena fatto con un tizio".

"Dovrebbe interessarmi?".

"Io credo proprio di sì: è la prova che qualcuno era con mio nonno la sera in cui morì. L'ascolti e poi mi richiami, sono curioso di sapere cosa ne pensa.".

Mette giù la chiamata e invia il file audio al poliziotto, poi mette in moto l'auto.

Capitolo 22

Mark esce nel giardino di Villa Anastasia con una tazza di caffè in mano.

"Ah, sei qui? Non ti trovavo", dice al suo compagno.

Donald è seduto al tavolino metallico e sta leggendo qualcosa sul telefonino.

Il prato è ora molto curato, è lo stesso Donald ad occuparsene tre volte alla settimana.

"Ti ricordi Ivano, il ragazzo che ci ha venduto la casa lo scorso anno?", dice tenendo lo sguardo sullo schermo.

"Certo".

"Mara del supermarket mi ha mandato un link – spiega indicando il telefono – sembra che suo nonno, quello che viveva qui, sia stato ucciso e non si sia sparato come tutti credevano".

Mark si siede accanto al compagno e prende una sorsata di caffè.

"Non è capitato una vita fa? L'hanno scoperto solo adesso?", chiede.

Donald annuisce e con un dito scrolla lo schermo di fronte a lui.

"Sì, è una notizia di due giorni fa. Devo leggerla ancora una volta perché non ho capito tutto, ma pare che sia stato il figlio di un suo vecchio amico ai tempi della guerra".

"Come mai l'hanno risolto solo dopo tutto questo tempo?".

Donald si stringe nelle spalle.

"Avranno scoperto qualcosa di nuovo".

Sbadiglia.

Il muro esterno della casa è stato dipinto rosso pompeiano e la strada dissestata è ora coperta di ghiaia.

"Stanotte mi sono svegliato verso le cinque e non c'eri – dice Mark – Non sei stato bene?".

"No, stavo benissimo".

L'espressione sul viso è quella di chi vorrebbe dire altro ma non sa se farlo.

"E allora? – lo incalza Mark – Perché ti sei alzato?".

Donald ridacchia imbarazzato.

"Ecco, mi sono svegliato perché ho avuto la netta sensazione che ci fosse un cane che girava per casa. Ma devo essermi sbagliato, perché ho guardato ovunque e non l'ho trovato. Tu l'hai sentito?".

Mark scuote la testa.

"Probabilmente sognavo", conclude Donald.

Posa il telefonino.

"È ora che mi metta a lavorare, tu finisci pure il caffè con calma", annuncia alzandosi.

BONUS TRACK

IL BOIA

"E ora, le previsioni del tempo...".

Il piccolo Simone distolse lo sguardo dal televisore e lo portò sul Papà, muovendo solo gli occhi per evitare di attirare l'attenzione dell'adulto.

Trattenne anche il fiato, desiderando di diventare un corpo solo con il divano e mimetizzarsi con il mobile.

Il Papà prese il pacchetto di sigarette dal taschino e ne estrasse una. Sarebbe andato sul balcone a fumare senza accorgersi di Simone?

Si alzò in piedi e rivolse lo sguardo verso il figlio, il quale stava simulando un'attenzione improbabile per una pubblicità di auto.

"Signorino, a letto!", gli ordinò indicando la porta.

"Solo cinque minuti! – piagnucolò il bambino – Voglio ancora vedere..".

Non riuscì a completare la frase, non sapeva neppure lui cosa volesse vedere.

"A letto, Simone! Domani c'è scuola, lo sai", rispose il padre irremovibile.

Il piccolo si alzò mogio e lanciò ancora uno sguardo compassionevole verso il genitore, ma l'espressione severa dell'adulto lo fece desistere.

Mosse un passo verso la sua stanza, poi compì un ultimo, disperato tentativo.

"Papà, ho male alla pancia!", disse premendosi il ventre con entrambe le mani.

"Simone, non sto scherzando! – lo bloccò subito il padre – Hai sei anni e tutti i ragazzi della tua età a quest'ora sono già a dormire da un pezzo! Fila!".

Il bambino girò su se stesso e si avviò in silenzio verso la sua cameretta.

Entrò nella stanza, scostò le coperte e si infilò nel letto, cercando di vincere la tentazione di guardare verso l'armadio.

La Mamma gli si accostò con passi leggeri e veloci.

"Non voglio più che tu faccia i capricci – lo ammonì a bassa voce chinandosi su di lui e accarezzandogli il volto – Domani devi alzarti presto e devi essere riposato".

"Non posso dormire con voi? Solo per questa volta!", piagnucolò.

"No, Simone, ne abbiamo già parlato. Ora dormi", concluse sollevandosi.

Il bambino affondò il volto nel cuscino e ignorò deliberatamente la donna che, prima di spegnere la luce, gli rivolse ancora uno sguardo preoccupato.

Suo figlio era strano ultimamente.

Quello stesso mattino la sua insegnante le aveva telefonato per dirle che si era addormentato in classe, e il giorno prima aveva preso una nota sul diario perché non era attento alla lezione.

Sembrava molto nervoso, ma né lei né suo marito riuscivano a capire cosa potesse turbarlo.

Loro facevano in modo che nei limiti del ragionevole avesse qualunque cosa desiderasse, ma era ancora difficile capire cosa gli passasse per la mente.

Qualche giorno prima gli avevano fatto capire che forse sarebbe arrivato un fratellino – ci stavano provando da un po', anche se fino a quel momento senza successo – magari era quello che lo stava innervosendo.

Probabilmente era quello.

Prese anche lei una sigaretta e raggiunse il marito sul balcone.

Simone sollevò la testa dal cuscino e si appoggiò sulla guancia sinistra, strabuzzando gli occhi per penetrare l'oscurità.

Tempo un paio di minuti e sarebbe stato in grado di distinguere i contorni dei mobili della stanza.

Si rincantucciò ancora di più sotto le coperte, coprendosi fino al naso. Gli occhi no, quelli era necessario che rimanessero scoperti.

Il buio si dissolse lentamente come una macchia di inchiostro nero in un bicchiere di latte.

Poteva gia scorgere la sagoma del camion di plastica rossa accanto al cestino della carta, e poco dietro la forma del pallone da rugby che gli avevano comprato qualche giorno addietro, ma non erano quelle le figure che temeva uscissero dall'oscurità.

Spostò lo sguardo proprio di fronte a sé, in direzione dell'armadio, e trattenne il fiato.

Di lì a pochi istanti l'avrebbe visto.

La prima volta, tre giorni prima, aveva faticato a distinguerne i contorni.

La figura era di profilo, con il collo inclinato in avanti e una spalla più alta dell'altra; un occhio poco attento non l'avrebbe notata nella stanza buia.

Ma lui l'aveva vista, e da quel momento Simone non aveva potuto pensare ad altro, soprattutto dal momento in cui, poco dopo, aveva individuato anche l'ascia, dura e affilata.

La prima notte la creatura non si era mossa.

Erano rimasti a guardarsi fino all'alba, senza emettere alcun suono, ad eccezione del respiro affannoso dal bambino, fino a quando la Mamma si era alzata e aveva acceso la luce del bagno a pochi metri dalla stanza di Simone.

Il bambino si era girato sorpreso, e quando si era nuovamente voltato la creatura era sparita.

Al suo posto c'era solo l'accappatoio rosso, appeso mollemente ad un piolo fissato alla parete dell'armadio.

Nessun mostro, nessuna ascia.

Era crollato immediatamente addormentato, ma non

aveva osato opporre resistenza quando, una mezz'ora dopo, la Mamma l'aveva svegliato per andare a scuola.

Si era alzato in silenzio, aveva lanciato ancora un'occhiata verso l'armadio e si era preparato.

In classe ne aveva parlato con Loris, il suo compagno di banco.

Il bambino lo aveva ascoltato con attenzione e, dopo una rapida riflessione, aveva sentenziato: "È il Boia".

Simone aveva incalzato l'amico a dirgli qualcosa di più nonostante la Maestra avesse picchiato la mano sulla cattedra per invitarli all'attenzione.

"È morto durante la guerra – aveva spiegato Loris sottovoce con espressione seria – Da quel momento deve continuare ad uccidere e non se ne andrà fino a quando non l'avrà fatto".

Simone aveva spalancato gli occhi e aveva emesso un urlo strozzato, ottenendo il risultato di attirare nuovamente l'attenzione della Maestra.

Lei aveva interrotto la spiegazione, aveva chiamato il suo nome e gli aveva messo una nota sul diario nella quale segnalava alla Mamma che lui non stava attento in classe.

Più tardi, nel pomeriggio, mentre faceva i compiti e sua Nonna era a pochi metri da lui con la *Settimana Enigmistica*, aveva ripensato alle parole dell'amico ed era giunto alla conclusione di essere stato preso in giro.

Per quale motivo Loris avrebbe dovuto saperne qualcosa?

Era un esperto di creature soprannaturali?

A differenza sua leggeva molti libri, ma questo non faceva di lui un'autorità sul paranormale, anzi.

Soprattutto perché, alla luce del giorno, il suo accappatoio aveva riacquistato un aspetto molto più normale e molto meno sinistro.

Era stato ingannato dal buio e dalla sua autosuggestione, niente di più.

Si era vergognato di se stesso e della sua credulità, e quello che maggiormente lo infastidiva era il pensiero delle risate che sicuramente Loris si era fatto alle sue spalle. Magari l'aveva anche raccontato a qualche altro compagno, poco ma sicuro.

Il mattino dopo gli avrebbe detto di avere scherzato a sua volta, di non aver mai creduto a quelle cose e si sarebbe fatto una risata rumorosa, anche a rischio di prendere un'altra nota.

Non ci aveva più pensato e la giornata era trascorsa serenamente fino all'ora di andare a dormire.

Come la Mamma aveva spento la luce a Simone era tornata in mente l'esperienza della notte prima e, come se fosse bastato il pensiero per evocarla, la creatura si era materializzata davanti a lui.

"È solo il mio accappatoio", si era detto in silenzio, stringendo i denti e cercando di non fissare i due buchi neri degli occhi del mostro.

Il mio accappatoio. E l'ascia, da dove arriva?

Non c'era nulla accanto all'armadio che somigliasse ad un'ascia, ne era sicuro.

E poi la forma che si stava lentamente disegnando nel buio non assomigliava per nulla a un accappatoio.

Aveva trattenuto il fiato.

Altro che autosuggestione: la creatura era davanti a lui.

Aveva sentito i muscoli irrigidirsi e il respiro farsi più rapido.

Il Boia non poteva fargli niente finché fosse rimasto sveglio, questo era ovvio.

Non fosse stato così, lui stesso sarebbe stato ucciso già la notte prima.

Inoltre il Boia viveva solo nell'oscurità, quello era il motivo per cui era sparito quando la Mamma aveva acceso la luce.

Aveva una sola maniera di rimanere vivo: avrebbe dovuto stare sveglio fino all'alba.

Era stato abbastanza facile fintanto che i suoi genitori erano rimasti a vedere la televisione nell'altra stanza; ma quando erano andati a letto anche loro era diventato molto più difficile.

La casa era buia e il traffico era quasi assente in quella via di periferia, tutto sembrava propiziargli il sonno.

Era stata la paura a tenerlo sveglio.

Non aveva distolto lo sguardo dalla sinistra creatura neppure per un secondo, sicuro che, se fosse successo anche solo per un istante, un attimo dopo quella sarebbe calata su di lui.

Era rimasto immobile al punto che il collo si era irrigidito e gli aveva provocato dolore, ma si era rifiutato di dargli conforto adagiandosi sul cuscino per paura di scivolare nel sonno senza volerlo.

Alla fine, anche quella notte era passata.

Piano piano la luce aveva cominciato a filtrare attraverso le imposte, aveva sentito i passeri cominciare a cinguettare e aveva capito di aver vinto.

Aveva atteso fino a quando non era riuscito a distinguere nuovamente l'accappatoio, quindi si era abbandonato sul cuscino, addormentandosi all'istante anche se – purtroppo per lui – solo per qualche decina di minuti.

A scuola era stato difficilissimo.

Aveva troppe poche ore di sonno sulle spalle per resistere ed era crollato sul banco durante l'intervallo, per poi svegliarsi di soprassalto a metà dell'ora dopo.

La Maestra si era avvicinata, gli aveva chiesto ironicamente se l'avessero disturbato con la lezione mentre russava e tutti avevano riso sguaiatamente, come fanno i bambini quando vogliono ridicolizzare qualcuno.

Era arrossito e si era chiuso in se stesso, anche quando

l'insegnante gli aveva detto di non avere intenzione di punirlo e gli aveva chiesto per quale motivo fosse così stanco.

Cosa poteva dire? Sicuramente non la verità.

La Maestra aveva telefonato alla Mamma e le aveva raccontato tutto, e questo lo aveva persuaso di aver fatto bene a non rivelare il motivo della sua stanchezza.

Ci mancava solo più che anche la Mamma venisse a conoscenza delle sue paure.

Era tornato a casa con l'intenzione di passare il pomeriggio a dormire, ma la lezione di nuoto, fissata proprio a metà pomeriggio, oltre a non permettergli di riposare l'aveva stancato ancora di più.

Aveva trascorso tutta la cena in silenzio, come un condannato alle prese con la sua ultima cena.

Non poteva pensare a null'altro che al Boia.

Sentiva di non avere più di una decina di minuti di autonomia, dopodiché si sarebbe addormentato e sarebbe morto.

Spalancò gli occhi il più possibile, come se questo gli avrebbe reso impossibile chiuderli.

Il buio aveva cominciato a pulsare davanti a lui come una forma gelatinosa e la sua pupilla, dilatata talmente tanto da far quasi sparire la sua iride azzurra, aveva cominciato a distinguere i dettagli.

La spalla, quella più alta, era emersa per prima, poi il collo storto.

Aveva deglutito per inumidire il palato completamente asciutto.

Come un cadavere che emergesse dal fondo del mare, era apparsa anche la testa.

Era un po' piccola rispetto al resto del corpo, ma emanava attraverso gli occhi un'attrazione quasi elettrica.

Due occhi vuoti e scuri, ma Simone sapeva che erano fissi su di lui.

Sentiva lo sguardo di quella creatura come uno spillo piantato nel petto.

Il buio si ritirò ancora un po', come la bassa marea.

Simone distolse a fatica lo sguardo dagli occhi del Boia e lo indirizzò poco più in basso.

Sapeva cosa avrebbe visto di lì a poco.

L'impugnatura era nascosta dalla manica della tunica con cui il mostro era vestito, ma quello a cui non riusciva a smettere di pensare da tre notti era la lama dell'ascia.

Ne vedeva il profilo, ne intuiva il taglio con una tale precisione che gli sembrava di sentire l'odore del metallo, duro e freddo come quello che aveva sentito quando aveva leccato la ringhiera del balcone di casa.

Nell'altra stanza, i suoi genitori spensero la luce e la casa divenne scura e silenziosa.

Sentì l'intestino contrarsi.

Non sarebbe riuscito a passare un'altra notte insonne, era troppo tempo che non dormiva.

Avrebbe potuto andare nel letto con i suoi?

L'avrebbero forse preso in giro, però sarebbe stato salvo.

Ma cosa sarebbe successo quando si fosse alzato dal letto per andare nell'altra stanza?

Avrebbe fatto in tempo a guadagnare la porta, oppure il Boia l'avrebbe aggredito prima?

Guardò verso la creatura.

Lo sguardo fisso su di lui sembrava confermare la seconda ipotesi.

Erano tre notti che veniva a trovarlo, non gli avrebbe permesso di scappare così.

Simone tese l'orecchio, sperando che suo Padre o sua Madre si alzassero, magari per bere o andare in bagno, ma nessun rumore giungeva dall'altra stanza.

E se avesse urlato?

Avrebbe potuto lanciare un grido: qualcuno sarebbe

corso a vedere cosa stesse succedendo e gli sarebbe stato sufficiente inventarsi di aver avuto un incubo per avere il permesso per dormire con loro. Qualche volta era già successo, quando era più piccolo.

Ma c'era una grossa incognita.

Quanto tempo sarebbe passato tra il suo urlo e l'arrivo di suo Padre?

Si era appena addormentato, non si sarebbe svegliato subito.

Cosa sarebbe successo se non si fosse ridestato al primo urlo?

Come avrebbe reagito il Boia in quei secondi?

Deglutì secco.

Sarebbe balzato su di lui e l'avrebbe ucciso, ecco cosa avrebbe fatto.

Si raggomitolò portando le ginocchia al petto.

Eppure lo sapeva che era una stupidaggine.

Creature come il Boia esistevano solo nei film e nei racconti dei ragazzini, non aveva mai visto un notiziario parlare di una famiglia sterminata dai vampiri o dai nani.

Però era vero che molti delitti rimanevano senza colpevole.

Forse quella ragazza di tredici anni, trovata morta un anno prima in un prato non distante da loro, non era stata uccisa da uno sconosciuto.

Magari era stato il Boia e gli investigatori avevano dato la colpa ad un non meglio precisato maniaco perché ne ignoravano l'esistenza.

E come avrebbero potuto conoscerlo se nessuno era rimasto vivo dopo averlo incontrato?

Chissà quante persone erano rimaste come lui a fissarlo prima di essere uccise!

Sentì le proprie viscere agitarsi per la paura.

"Basta stupidaggini, il Boia non esiste!", si disse.

C'era solo una cosa da fare: se fosse riuscito ad alzarsi e a metterci una mano sopra, scoprendo di toccare il suo accappatoio, avrebbe smesso di avere paura.

Ce l'avrebbe fatta?

Non aveva molta scelta, perchè a breve si sarebbe addormentato, anche se spaventato.

Distese le gambe, sentendo le ginocchia scricchiolare dopo essere state così a lungo in posizione raggomitolata, e poggiò la pianta dei piedi a terra.

Il palchetto in legno scricchiolò leggermente, e subito il bambino alzò lo sguardo per vedere se la creatura se ne fosse accorta.

Era immobile.

Trattenne il fiato e compì il primo passo.

Le gambe erano rigide per la paura, riuscì con difficoltà a percorrere anche solo qualche centimetro.

E se si fosse sbagliato? Se, una volta arrivato alla fine, non avesse trovato l'accappatoio?

Fece un altro passo e sentì i capelli sollevarsi sulla nuca.

Aveva gli occhi spalancati, dei cerchi perfetti nel tentativo di catturare quanta più luce possibile.

Non aveva senso. Da dove avrebbe potuto entrare il Boia?

Abitavano al sesto piano, tutte le porte e le finestre erano chiuse, c'era anche un antifurto.

Suo Padre aveva terrore estremo dei ladri, non lasciava mai neppure uno spiraglio aperto.

Però il Boia non era un ladro.

Avanzò di un altro passo.

Sentì lo scroto contrarsi, come se l'avesse immesso in acqua gelida, e un leggero strato di sudore gli coprì la schiena.

Mancavano solo un paio di passi, non di più.

Aprì la bocca, bisognoso di aria, e distese il braccio in avanti.

Lo fece con circospezione, pronto a ritrarlo nel caso in cui qualcosa si fosse mosso davanti a lui, ma non avvenne nulla.

Il respiro era più affannato.

Ancora poco, qualche centimetro, e la sua mano avrebbe toccato la stoffa dell'accappatoio.

Ancora mezzo passo e avrebbe sancito la fine di quelle notti insonni.

Spostò il piede destro in avanti, facendo nuovamente scricchiolare il palchetto, quindi sporse il busto in avanti, sempre con la mano tesa.

La punta dei polpastrelli toccò la stoffa, quella dell'accappatoio.

Strano, la ricordava più morbida...

Non fece neppure in tempo ad urlare quando l'ascia gli mozzò la testa.

Postfazione

Sperando che i racconti vi abbiano tenuto una piacevole compagnia, vorrei chiudere fornendo qualche dettaglio in più che nell'introduzione ho dovuto omettere per non rovinare la lettura.

Partirei dalla fine, dal racconto chiamato *Il Boia*.

Come riferivo nella prefazione, quando lo scrissi i miei interessi erano orientati verso il genere horror, e di conseguenza mi venne naturale provare a scrivere qualcosa di simile.

Rimase in un cassetto per oltre trent'anni, fino a quando alcuni mesi fa decisi di partecipare ad un concorso online riservato ai racconti e pensai di recuperarlo.

Non lo ricordavo con precisione – giusto la trama e il finale – ma quando lo rilessi lo trovai molto buono (perdonate questa piccola immodestia), così gli feci una rapida revisione e lo pubblicai.

Piacque molto ai lettori del sito, e fu come un seme che comincia a germinare anni dopo essere stato piantato; cominciai a pensare che forse avrei potuto rispolverare la mia vecchia passione e cimentarmi in qualcosa di più lungo di un racconto.

Sebbene io non sia nella posizione per giudicare quanto *La casa dei gelsi* abbia centrato il colpo, ho la sensazione che alla fine il risultato sia una via di mezzo tra l'horror e il thriller.

Avrei dovuto osare più in un senso e meno in un altro? Non lo so.

In ogni caso, al di là delle considerazioni sul genere, spero che ne sia sortito un racconto piacevole e che vi abbia coinvolti fino alla fine.

Nel caso, i meriti sono da dividere anche con altre persone, come sempre.

Come era capitato anche per Novanta ringrazio Bruno Rasetto per le consulenze sulla lingua spagnola e Gabriele Farina per il lavoro di beta reader e per le ottime recensioni, spero che anche questo incontri il suo gusto.

Grazie a lui e a Fabio Barretta per avermi corretto alcuni refusi, a Claudio Secci e a tutto il Collettivo Scrittori Uniti per il prezioso lavoro di promozione e supporto.

Grazie a Lorenzo Ceresani per la bellissima copertina (siamo ormai alla terza) e a Michela Crepaldi per l'impaginazione.

Uno speciale ringraziamento va come sempre a Barbara, che da una parte mi ha tollerato mentre mi isolavo sul balcone a scrivere, e dall'altra è stata la mia prima lettrice e la prima a esprimere un giudizio sulla prima stesura: se l'avesse bocciata non saremmo qui a parlare.

Come sempre ci tengo a precisare che quanto avete letto è un'opera di fantasia, e nulla di quanto riportato è riconducibile al mondo reale, se non i fatti espressamente riconducibili a noti eventi storici come la cattura di Eichmann o l'esistenza della Ventinovesima Divisione delle Waffen SS.

Il Comune di San Giustino esiste nella realtà ma non è stato teatro di nessun evento assimilabile a quelli narrati, e a maggior ragione i partigiani citati nel testo sono totalmente inventati, così come gli eventi che li vedono protagonisti.

Per il momento è tutto, ringrazio tutti coloro che hanno acquistato questo libro e concludo chiedendo una piccola cortesia: per uno scrittore indipendente come me le recensioni sono la maniera migliore per farsi conoscere.

Se vi è piaciuto il libro (o anche se non vi è piaciuto, ovviamente) lasciate una recensione su Amazon. Basta anche solo un "bello, l'ho divorato": a voi porta via pochi secondi, per me è molto importante.

Alla prossima!

Indice

Printed in Great Britain
by Amazon

70260906R00149